KB268649

박동현 판타지 장편 소설
FANTASY FRONTIER SPIRIT

안단테 칸타빌레 4

박동현 판타지 장편 소설

초판 1쇄 찍은 날 § 2008년 1월 30일
초판 1쇄 펴낸 날 § 2008년 2월 11일

지은이 § 박동현
펴낸이 § 서경석

편집장 § 문혜영
편집책임 § 유혜림
편집 § 서지현

펴낸곳 § 도서출판 청어람
등록번호 § 제1081-1-89호
등록일자 § 1999. 5. 31
어람번호 § 제1-0940호

주소 § 경기도 부천시 원미구 심곡1동 350-1 남성B/D 3F (우) 420-011
전화 § 032-656-4452팩스 § 032-656-4453
http://www.chungeoram.com
E-mail § eoram99@chollian.net

ISBN 978-89-251-1170-4 04810
ISBN 978-89-251-1024-0 (세트)

안단테 칸타빌레

박동현 판타지 장편 소설

FANTASY FRONTIER SPIRIT

4

[완결]

도서출판 청어람

CONTENTS

안단테
칸타빌레

여는 이야기

안개가 짙게 깔린 어느 날 아침.

이른 새벽에도 부지런한 발걸음은 아리사입니다. 야채 군과 고기 양의 생명은 신선도랍니다. 맛 좋고 싱싱한 먹거리를 준비하기 위해서는 이른 새벽에 장을 보는 것이 최선이지요. 아리사는 따사로운 아침 식사를 위해서 누구보다도 일찍 부지런한 하루를 엽니다.

"안녕하세요."

"아하하! 좋은 아침."

이른 새벽에 안개 속에서도 부지런한 청소부 아저씨에게 감사의 마음을 담아 꾸벅 고개를 숙여 인사를 하며 아리사는 부지런히 거리를 걷습니다.

가지런히 앞으로 모은 두 손에는 하나의 바구니가 들려 있습니다. 살짝 손수건으로 덮은 그 안에 언뜻 보이는 것은 아리사가 방금 구입한 오늘의 반찬입니다. 물기가 축축한 토마토를 보며 그녀는 남모르게 미소를 짓습니다.

한겨울에 구할 수 있는 채소가 아닌데 모처럼 구한 신선한 토마토입니다. 유리 하우스라는 특별한 방법으로 재배된 것인데 이제는 단골인 과일 가게 아저씨가 특별히 아리사에게 챙겨준 것입니다.

"미인의 미소는 금보다 비싸니까."

제법 낯부끄러운 대사를 하며 아직은 총각이라고 멋쩍게 덧붙이는 과일 가게 아저씨였습니다만 아리사는 단테 주인님에게 해줄 맛있는 요리 레시피를 떠올리느라 그런 사소한 이야기는 이미 기억의 한편에 가라앉힙니다. 물론 그 이야기가 다시 떠오를 리는 없지요.

"토마토 소스를 만들어볼까요?"

혼잣말을 중얼거리며 아리사는 거리를 걷습니다. 안개가 깔린 자욱한 거리. 한 치 앞도 구분할 수 없는 이 새하얀 어둠 속에서도 아리사는 발걸음도 가볍게 집을 향합니다.

익숙한 거리의 골목을 밝히는 희미한 가로등. 흑마술사의 도움을 받아서 만들었다는 그 감등을 따라 걷는 씩씩한 걸음이 어느덧 아리사를 집 앞까지 데려다 놓습니다. 언제나 묵묵히 맡은바 책임을 다하는 두 다리에게 감사의 마음을 담아 자그마한 인사를 하며 아리사는 정문에 멈춰 섰습니다.

"열쇠가……."

호주머니를 뒤져 열쇠를 찾던 아리사는 문득 발치에서 느껴지는 인기척에 깜짝 놀라 저도 모르게 바구니를 떨어뜨렸습니다. 쿵 하고 바구니가 떨어지는 것과 동시에 자그마한 숨소리가 들려왔습니다. 설마, 하는 아리사의 생각을 뒷받침이라도 하는 듯 이윽고 들려오는 울먹거리는 소리는 틀림없이 갓난아이의 목소리였습니다.

아리사는 어쩔 줄 몰라 머뭇거리다가 이윽고 결심한 듯 자그마한 한숨을 내쉬고는 스커트를 두 손으로 붙잡고 무릎을 꿇고 앉았습니다. 역시 예상대로 그녀가 떨어뜨린 장바구니의 앞에는 커다란 수건으로 덮여진 다른 바구니가 있었습니다.

"……."

한 손을 자신의 가슴에 그러모은 채로 아리사는 두근거리는 마음을 진정시키며 살짝 수건을 젖혀보았습니다. 예상대로 바구니 안에는 머리칼이 솜털처럼 부슬거리는 자그마한 아이가 담겨져 있었습니다.

"우아아아아아아앙!"

아이는 아리사와 눈이 마주치자 기다렸다는 듯이 커다란 울음을 터뜨렸습니다. 아리사는 허겁지겁 아이를 끌어안아서 품에 안은 채로 어르기 시작했습니다. 그러자 아이의 품에서 종이 쪽지 하나가 떨어져 바닥에 펼쳐졌습니다. 쪽지에는 이렇게 쓰여져 있었습니다.

당신의 아이입니다, 단테님.

CHAPTER 01
언젠가는 기억이 사라진다고 해도!

안단테
칸타빌레

"어라?"

휘청거리며 들어오는 아리사를 맨 처음 발견한 사람은 거실의 소파에 앉아 있던 피아레였다.

"왜 그래?"

깜짝 놀라서 묻는 말에 아리사는 그 자리에 서서 한 손으로 눈을 가린 채로 말없이 울기 시작했다.

"우에에에에에!"

깜짝 놀란 피아레가 허겁지겁 달려가 다독거린다.

"왜 그래? 무슨 일이야, 아리사?"

"……."

살며시 등을 두들기는 피아레를 똑바로 쳐다보며 아리사는 그저 하염없이 눈물을 뚝뚝 흘렸다.

"주인님이……. 흑!"

간신히 한마디를 중얼거리더니 참지 못하고 고개를 돌렸다.

"으으응."

그 반응에 어찌할 바를 모르고 발만 동동 굴리는 피아레.

"후에에에……."

이윽고 들려오는 자그마한 울음소리에 깜짝 놀라 두 손을 번쩍 치켜 올렸다.

"에엑?"

그제야 아리사가 안고 있는 바구니를 발견한 피아레.

"뭐야, 뭐?"

그 위를 덮고 있던 수건을 허겁지겁 내려 보고는 멍한 표정으로 다시 아리사를 쳐다보았다.

"…아기?"

묻는 말에 그저 말없이 고개를 끄덕이는 피아레.

"대체 이게 웬 아기야?"

깜짝 놀라 하면서도 아이가 귀여운 피아레는 두 팔로 머리와 등을 받쳐 들어 올린다. 그러자 아이의 가슴 위에 놓여 있던 종이가 팔락거리며 바구니 위로 떨어졌다.

"뭐야?"

묻는 말에 여전히 말없이 입가를 가린 채로 종이를 들어 올려 피아레의 눈앞에 내미는 아리사.

"…당신의 아이입니다, 단테님?"

생각없이 글귀를 읽은 피아레의 두 눈이 커다래진다.

"뭐어어어엇!"

느닷없이 소리를 지르는 피아레의 목소리가 거실을 쩌렁쩌렁하게 울려 퍼졌다.

"다요?"

"무슨 일이에요오오?"

그 비명에 깜짝 놀라 허겁지겁 달려온 이리스와 리테는 거실에 서서 놀란 눈을 하고 멍하니 서 있는 피아레와 말없이 뚝뚝 눈물을 흘리는 아리사를 보고 그대로 몸이 굳었다.

"…무, 무슨 일인가요오오?"

엄청 조심스럽게 피아레의 소매를 당기며 리테가 묻는다.

그 말에 피아레는 넋이 나간 얼굴을 하고 빙글 고개를 돌렸다. 동시에 피아레가 안고 있는 아이에 리테와 이리스의 시선이 모였다.

"아이다요."

"엄청 귀여워요오!"

뺨을 붉히며 엄청 좋아하는 리테와 이리스.

"누구 아이인가요?"

"……."

그제야 생각이 미친 리테가 묻는 말에 피아레는 말없이 고개를 돌려 아리사를 쳐다보고,

"……."

아리사는 말없이 리테와 피아레에게 들고 있던 쪽지를 보여

준다.

종이에 쓰여진 글귀를 읽어본 리테.

"어, 어라?"

입가에 경련을 일으킨 채로 고개를 돌리며 피아레와 아리사를 돌아보고,

"……."

말없이 묻는 시선에 두 사람은 무겁게 고개를 끄덕이고 리테는 그대로 얼음이 되어버린다.

"피아레."

싸늘해진 거실의 온도를 깨닫지 못하고 명랑하게 웃으며 피아레의 소매를 당기는 이리스.

"단테 오빠가 아빠다요?"

천진난만하게 묻는 말에 거실에는 무섭게 찬바람이 불기 시작했다.

이른 새벽의 쌀쌀한 공기는 책 읽기에 더없이 좋은 시간이다. 아침의 서늘한 공기를 즐기듯 모처럼 평화롭게 의자에 기댄 채로 책을 읽고 있던 단테.

"주인니이이임!"

"오라버니이이이!"

"단테니이이이임!"

우당탕!

느닷없이 벌컥 문이 열리며 냅다 소리치는 세 아가씨의 합

창에 깜짝 놀란 단테는 그대로 앞으로 고꾸라진다.

"무, 무슨 일이야!"

간신히 의자에 기대어 일어선 단테를 향해 무시무시한 시선이 쏟아졌다.

"오라버니!"

흉폭한 아우라와 함께 등장한 피아레는 단테를 내려다본 채로 찌릿 째려보며 팔짱을 꼈다.

"…주인님."

그 옆에 선 아리사.

"…믿고 있었는데."

아리사는 돌연 단테를 향해 뚝뚝 눈물을 흘렸다.

"어, 어라?"

느닷없는 전개에 따라가지 못하고 당황하여 정신없이 고개를 돌리는 단테.

"단테님."

허둥대는 단테를 향해 한숨을 내쉬며 걸어오는 리테의 두 손에는 바구니가 들려 있었다.

"대체 뭐야?"

어이없어하면서도 단테는 일단 자리에서 일어나 바구니 안을 살폈다.

"…아기?"

그 안에서 훌쩍거리는 아이를 발견하고 의아한 표정으로 시선을 돌렸다.

“누구 아이야, 이거?”

“지금 뭐라고 하셨습니까, 오라버니이잇!”

말이 떨어지기가 무섭게 돌연 날뛰는 피아레.

“왜 그래, 대체?”

“이것 보세요!”

영문을 모른 채로 주춤 뒤로 물러서는 단테를 향해 피아레
는 들고 있던 종이를 냅다 눈앞에 내밀었다.

“…….”

피아레가 내민 종이를 받아 든 단테는 무심코 그것을 읽다
가 그대로 몸이 굳어버렸다.

“어라?”

무겁게 고개를 돌린 단테의 눈앞에는 말없이 눈물짓는 리테
와 무시무시한 표정의 피아레, 그리고 붉게 충혈된 눈으로 고
개를 돌리고 있는 아리사가 있었다.

“다, 다… 단테라고오오오?”

“단테 아이다요.”

더듬거리며 묻는 단테의 질문은 이제 막 들어온 이리스가
힘차게 손을 치켜들며 대답해 준다. 그 말에 단테는 말없이 아
이를 쳐다보고 다시 고개를 들어 종이를 올려다본다.

“모르는 아이야아아!”

단테는 목 놓아 절규하지만 차가운 시선은 바뀌지 않고,

“주인님.”

“단테님.”

“오라버니.”

비난의 어조를 가득 담아 단테를 부르는 세 사람.

“괜찮다요, 괜찮다요.”

어이없어하는 단테의 어깨를 이리스가 팡팡! 두드린다.

“남자들은 젊었을 때는 생각없이 씨를 뿌리기도 한다고, 언니가 그랬다요. 그런데 씨를 뿌린다는 게 뭐다요?”

“……”

밝은 미소를 지으며 그렇게 말하는 이리스를 말없이 가자미 눈으로 바라보는 단테.

“우에에에엥!”

아이가 울음을 터뜨린 것은 그때였다.

“아앗! 단테님의 아이가 울어요오!”

느닷없이 울기 시작한 아이를 리테가 껴안아 들어 올린다.

“내 아이가 아니야!”

“아이참, 왜 그러지?”

“아픈 거다요?”

“…기저귀가 젖은 게 아닐까요?”

리테의 말에 엉겁결에 단테는 소리를 지르지만 모두는 깨끗하게 그를 무시하고 아이를 달래기 시작했다.

“…기저귀는 아닌 것 같아요.”

“내가 재워볼게.”

그렇게 말하며 피아레는 아이의 귀에 대고,

“입 닥쳐.”

무시무시한 표정으로 아이를 노려보며 말한다.

“우에에에에에엥!”

“아아앗!”

깜짝 놀란 표정으로 빼액 울기 시작한 아이를 안아 들며 허겁지겁 달래는 리테.

“뭐 하시는 거예요오오?”

“에? 하지만 우는 아이는 이렇게 달래는 거잖아.”

찌릿 노려보는 리테의 반응에 피아레는 깜짝 놀란 표정으로 말했다.

“…우리 어머니가 특이했던 거뿐이야.”

그 말에 어깨를 축 늘어뜨린 채로 중얼거리는 단테.

“그러면 배고픈 걸까?”

“젖병은 바구니 안에 있어요.”

“…일단 먹여볼까요?”

“먹는다요, 먹는다요!”

이윽고 젖병을 문 아이를 보며 네 명의 아가씨는 손을 모아 환호성을 질렀다.

“어디에서 데려온 거야?”

“집 앞에 놓여져 있었어요.”

기웃기웃 고개를 디미는 단테의 질문에 아리사가 한숨을 내쉬며 대답했다.

“누가 버린 거지?”

“무슨 소리를 하는 거예요? 오라버니!”

질린 어조로 중얼거리는 단테의 말에 피아레는 찌릿 단테를 노려보며,

"오라버니가 아빠니까 집 앞에 놓고 간 거잖아요!"

덜컹!

차갑게 내뱉는 피아레의 한마디에 단테의 심장이 툭 하고 땅에 떨어진다.

"무, 무슨 말도 안 되는 소리를……."

"하지만 여기 써 있잖아요! 단테님의 아이라고."

"써 있다요! 단테라고 써 있다요!"

돌연 눈앞이 캄캄해져서 말을 더듬는 단테를 향해 리테와 이리스의 추격타가 날아온다.

"아이리스 언니가 오빠를 다시 봤다고 한다요."

"이런 짓을 하시면 안 되는 거예요, 단테님."

"…믿고 있었는데, 주인님."

단테를 둘러싸고 퍼붓는 십자 포화.

"크윽!"

심장에 비수가 팍팍 박힌 단테는 가슴을 끌어안고 비틀거리며 뒷걸음질을 친다.

"오라버니의 아이니까 오라버니가 책임을 져야지요!"

"시끄러어어어!"

아이를 두 손으로 잡고 앞으로 내미는 피아레의 한마디에 울컥해서 버럭 소리를 지른 단테.

"내 아이가 아니야아아아아아앗!"

피아레의 손에서 아이를 냅다 뺏어 든 단테는 그대로 문밖으로 도망쳐 버렸다.

"…어라?"

느닷없이 벌어진 일에 깜짝 놀란 모두는 그저 멍하니 서로를 마주 보기만 할 뿐이었다.

"크아아악!"

포효하며 단테는 길을 걸었다. 어수선한 골목길. 아이를 두 팔로 안은 채로 짜증으로 눈이 뒤집혀진 단테를 보고 행인들은 슬금슬금 길을 피한다.

"우에에엥!"

단테의 험악한 분위기에 울음을 터뜨리는 아이.

동시에 단테의 이마에 빠각! 하고 힘줄이 섰다.

"큭!"

울컥해서 저도 모르게 주문을 중얼거리는 단테.

외우고 있는 기술은 슬립.

"우에에에에!"

힘차게 울어대는 아이의 울음소리에 단테는 아차! 하고 외우던 주문을 해제한다. 슬립 주문은 이런 갓난아이 정도는 영원히 재워 버릴 만큼 강력한 기술이다. 그것이 얼마나 위험한 것인지는 단테도 충분히 알고 있었다.

"우아아아!

기세 좋게 울어대는 아이를 보며 단테는 머리를 감싸쥐며 비틀거렸다.

"어머나?"

하지만 아이의 울음소리에 무심코 다가오던 아가씨들도 단테의 험악한 눈초리에 질려 그대로 도망친다.

"크윽!"

아이를 껴안고 날뛰어봤자 해결될 일이 아니라는 것을 뒤늦게 깨달은 단테.

"영차!"

아이의 겨드랑이를 잡고 있는 두 손을 번쩍 들어 올린다.

"높이, 높이 날아라!"

아이가 만족할 때까지 펄쩍펄쩍 뛰어오르며 필사적으로 단테는 웃음을 지어 보였다.

"꺄르르!"

그럭저럭 마음에 들었는지 비로소 웃음을 터뜨린 아이 덕분에 단테는 한시름 놓았다.

"…하아."

하지만 이내 땅이 꺼져라 한숨을 내쉬는 단테.

"정말이지……."

우는 아이는 간신히 달랬지만 해결된 문제는 하나도 없다. 더구나 지금 단테가 머리 아파하는 문제는 모두에게 오해받고 경멸에 찬 시선을 받았다는 사실이다.

"누가 내 아이라는 거야!"

입에 불이라도 뿜을 듯이 포효하던 단테의 걸음이 별안간 느려졌다. 앞에서 꺾어지는 골목에서 이상한 낌새를 눈치 챈 것이다.

"……."

걸음을 멈추지 않은 채로 단테는 천천히 주문 영창에 들어간다. 상대가 숨어 있는 곳은 골목이 꺾어지는 위치였다. 평소의 단테라면 당장에 공격 주문을 날렸을지도 모르지만, 아이를 안고 있는 지금 상황에서 섣부른 공격은 위험하다.

"나오시지!"

골목 끝까지 똑똑히 들리게 큰 목소리로 그렇게 말하며 단테는 그 자리에 우뚝 멈췄다.

단테가 하는 행동에 깜짝 놀란 행인이 도망친 지금, 근처에 사람은 없었다. 덕분에 분주한 시장에서 그리 멀지 않은 골목인데도 일대는 그저 정적만이 거리를 메우고 있었다. 단테의 외침에 골목 숨어 있던 인기척이 주저하며 몸을 웅크리는 낌새가 느껴졌다.

나올 생각이 없는 것 같았다.

"나오지 않으면 공격하겠어."

냉정한 어조로 말하며 단테는 들으라는 듯 주문 영창에 들어갔다. 힘있는 말에 부응하여 오른손에 빠지직! 번개가 맺히기 시작한다.

왼손에 들려진 채로 단테의 가슴에 안겨 있는 아이는 그 푸른 섬광을 신기한 듯 쳐다보았다.

파앗!

땅을 박차고 골목 안에서 무언가 튀어나온 것은 그때였다.

"라이트닝 볼트!"

동시에 단테는 힘있는 말을 외치며 그대로 놈을 향해 앞으로 달려나간다.

콰르르르!

하지만 제대로 조준을 하지 않고 날린 주문은 목표를 한참 빗나가서 골목의 가장자리에 불꽃을 번뜩이며 흩어졌다.

탕!

라이트닝 볼트가 떨어지기 무섭게 놈의 손바닥에서 새하얀 섬광이 뻗어 나왔다.

"웃!"

하지만 그것은 크게 빗나가 멀찌감치 벽에 박힌다.

놓치지 않고 바로 내달리는 단테!

타캉!

한 손으로 브로드 소드를 치켜 올린 단테의 검이 아슬아슬하게 놈을 빗나가 근처의 벽에 찍힌다.

"칫!"

낮게 혀를 차며 훌쩍 물러서는 상대는 온몸을 까만 복면으로 둘러싸고 있었다. 어깨까지 늘어질 듯한 머리를 뒤로 묶은 은발이었는데, 드러난 몸의 윤곽으로 여자임을 짐작할 수 있었다.

"이 자식!"

버럭 소리치는 단테의 말을 가볍게 무시한 은발의 여자는

훌쩍 물러서서 거리를 벌리더니 느닷없이 몸을 돌려 그대로
달리기 시작했다.

"도망치지 마!"

단테는 여자를 쫓아 그늘진 골목을 질주했다. 아이를 안고
있다고 해도 전력으로 달리는 단테가 앞서 달리는 여자보다
빨랐다.

"쳇!"

단테는 낮게 혀를 찼다.

금세 따라잡을 수 있을 거라고 생각과 달리 요리조리 골목
을 꺾어 달리는 은발의 여자와의 거리는 쉽사리 좁혀지지 않
았다. 모퉁이를 돌아서 골목을 지나고, 다시 좁은 통로를 따라
서 달린 끝에 여자는 눈앞에 드러난 커다란 공터로 뛰어들어
갔다.

"매직 미사일!"

틈틈이 외운 단테의 주문이 비로소 완성된 것은 그때였다.

콰르르르!

허공을 찢으며 돌연 등장한 다섯 발의 매직 미사일은 단테
의 눈짓에 맞춰 그대로 여자를 향해 쏘아져 나갔다.

파앗!

상체를 굽히며 공터의 그늘진 구석에 몸을 웅크리던 여자의
모습이 별안간 사라진 것은 그때였다.

"아닛!"

깜짝 놀란 단테의 제어가 풀리자 매직 미사일은 갈피를 잡

지 못하고 허무하게 사방으로 흩어졌다.

"……."

말없이 단테의 걸음이 멈췄다.

"인비지빌러티, …일까?"

확신할 수 없는 것은 여자의 모습이 말 그대로 별안간 사라진 탓이다. 주문을 썼다면 구성을 눈치 챘어야 했는데, 추격하면서 단테는 그런 기척을 읽지 못했다.

"그 아이는!"

그 소리와 인기척은 뒤에서 나타났다.

"윽!"

허겁지겁 소리가 들려온 곳으로 돌아보니 단테가 들어온 통로를 막고 서 있는 그림자가 하나.

"도망치지 마라."

천천히 뒤로 물러서는 단테를 압박하듯 접근하는 것은 장신의 사내였다. 나이는 서른 정도일까? 경장(輕裝)이기는 해도 멋진 갑주를 차려입고 있는 남자는 단테를 이글이글 불타오르는 눈으로 노려보고 있었다.

"누가 도망친다는 거냐?"

눈살을 찌푸리며 단테는 되받아 소리친다.

"허어."

그 말에 금발의 사내의 눈동자가 기묘하게 일그러졌다.

"아니라고 말하는 건가?"

"…무슨 소리를 하는 건지 모르겠는데."

재미있다는 듯이 중얼거리는 남자의 말에 단테는 어이가 없다는 듯이 대꾸했다.

"네 녀석이 누구인지는 모르겠지만, 그 아이를 내놔라."

단테의 대꾸에 금발의 사내는 무표정한 얼굴로 말했다.

"…싫다면?"

"호오."

그 말에 남자는 재미있다는 듯이 입맛을 다신다.

"그렇다면 할 수 없지."

그렇게 말하며 돌연 남자의 두 눈에 살기가 번뜩였다!

"제길!"

뒤늦게 깨달은 단테가 물러서는 것과 동시에 별안간 떠오른 새하얀 빛이 바람을 가르며 단테를 향해 날아왔다!

"웃!"

허겁지겁 어깨를 낮추는 단테의 머리 위에 아슬아슬하게 새하얀 섬광이 선을 긋는다.

파칵!

날카로운 소리와 함께 등 뒤에 벽이 우수수 무너졌다.

"뭐 하는 짓이야!"

고함을 지르는 단테를 보며 사내의 두 눈에 차가운 미소가 흘렀다.

"네 녀석이 리자와 어떤 관계인지 모르겠지만, 애초에 그 아이는 내 것이다. 그러니까 얌전히 아이를 놓고 사라지는 게 좋을 거다."

"……."

뻔뻔스러운 어조로 떠드는 남자의 말에 단테의 표정이 싸늘하게 바뀌었다. 단테는 말없이 고개를 돌려 자신의 품에 안겨 있는 아이를 한번 쳐다보고, 이윽고 주먹을 불끈 쥐며 소리쳤다.

"너, 이 자식! 내가 그런 소리 듣고 '네, 알겠습니다' 하고 얌전히 아이를 내줄 줄 알았냐!"

"호오."

버럭 고함을 지르는 단테를 재미있다는 표정으로 쳐다보는 남자.

"매직 미사일!"

재빨리 주문을 완성한 단테의 눈앞에 다섯 발의 매직 미사일이 떠오른다.

"가랏!"

그것이 떠오르자마자 훌쩍 뒤로 물러서며 단테는 Go! 사인을 내리고,

부우우우웅!

허공에 떠오른 매직 미사일은 부르르 몸을 떨며 단테의 지시에 맞춰 남자를 향해 날아갔다. 하지만 남자는 여유있는 몸놀림으로 덤벼드는 매직 미사일을 가볍게 피하고는 허리에 차고 있던 칼을 뽑아 들었다.

"하아압!"

기합을 넣는 칼날이 희미한 빛을 발하고, 남자는 기다렸다

는 듯이 호밍하여 다가오는 매직 미사일을 베었다!

콰아아아앙!

폭음을 일으키며 사방으로 흩어지는 매직 미사일!

"윽!"

하나도 남김없이 깨끗하게 허공에 펼쳐진 주력을 처리한 남자는 아이를 감싼 채로 뒤로 물러서는 단테를 보며 어깨를 으쓱했다.

"내 이름은 파타."

"……."

"오늘은 그냥 돌아가겠다."

자신을 파타라고 밝힌 남자는 단테를 보며 뱀과 같은 눈을 하고 웃었다.

"아이가 없을 때에 정식으로 다시 붙지."

멋대로 그렇게 선언하며 훌쩍 뛰어올라 순식간에 골목 안으로 사라져 버렸다.

"이 자식!"

울컥한 단테는 골목을 향해 달린다.

"후에에에에엥!"

하지만 뒤늦게 울음을 터뜨리는 아이에게 발목이 잡혀 단테는 추격을 포기할 수밖에 없었다.

"쯧쯧!"

가자미눈을 하고 쳐다보는 아주머니의 시선에 단테는 그대로 몸이 굳어버렸다. 어느 한적한 골목에 자리 잡은 가게 안이다.

"아이를 생각해서라도 부지런히 일해요."

가게 아주머니의 냉랭한 한마디의 단테의 마음속 어딘가가 와장창 깨져 나갔다.

"……."

아이가 울며 보채는 이유가 축축한 기저귀 탓인 것까지는 간신히 알아낸 단테였지만 똥과 오줌이 묻은 그것을 갈아줄 용기가 단테에게는 터무니없이 부족했다.

일단 잡화를 파는 가게에서 기저귀를 사는 것까지는 어찌어찌 해냈지만 직접 가는 것은 무리. 결국 기저귀를 가는 것을 가게 아주머니에게 부탁한 단테였다.

"정말이지……."

하지만 아주머니의 싸늘한 반응에 단테는 크게 상처받았다. 일단 별말없이 갈아주기는 했어도 아이를 다시 넘겨주는 아주머니의 시선은 더없이 냉랭했던 것이다.

'기저귀 가는 것도 싫어하는 아버지라고 생각한 거겠지.'

그렇게 생각하니 마음 한구석에 바람이 분다.

"후에에에엥!"

하지만 기다렸다는 듯이 아이는 울음을 터뜨리고,

"크윽!"

단테는 목구멍까지 치민 슬립 주문을 가까스로 참아낸다.

"뭐냐, 뭐! 대체 뭐가 불만이냐, 이 자식아!"

퍽!

“이 사람아!”

포효하는 단테의 머리통을 후려치는 가게 아주머니.

“배가 고파서 그러는 거잖아아아!”

“…아, 그래요?”

아픈 머리를 쓰다듬으며 단테는 고개를 기울이고,

“그러면 분유를 타주세요.”

“애 아빠가 직접 타야지!”

“애 아빠가 아닙니다!”

고함지르는 아주머니에 맞서서 엉겁결에 단테의 목소리가 올라간다.

“에효.”

그 말에 힘없이 고개를 가로젓는 아주머니.

“남자란 것들은 다 똑같다니까. …싸질러 놓고도 책임질 생각은 하질 않지.”

“…아주머니.”

혼잣말처럼 해도 대놓고 비난하는 아주머니의 말에 가자미 눈을 하는 단테.

“애 아빠! 아이는 거기에 놔두고, 분유 타는 법을 가르쳐 줄 테니까 배워!”

“우왓!”

단테에게 아이를 빼앗아 의자 위에 올려놓은 아주머니는 단테의 팔을 잡아당기며 억지로 가게 안으로 끌고 들어갔다.

“분유를 타서 이렇게 흔들면 완성!”

엄청난 속도로 분유를 완성해서 치켜 올린 아주머니.

"오오!"

엉겁결에 분위기에 휩쓸린 단테는 그것을 받아 들고,

"이제 먹여봐, 애 아빠!"

"애 아빠가 아니라니까요오오!"

소리치며 젖병을 받아 들던 단테는 별안간 떠오른 낌새에서 서둘러 가게 밖으로 달렸다.

"웃!"

서둘러 달려나간 그곳에는 의자에 놓인 아이를 향해 손을 뻗는 검은 그림자가 있다!

"거기서 손 떼!"

허겁지겁 내달리며 왼손을 뻗어 놈을 가리키는 단테.

"홀드 퍼슨!"

"이그노어!"

서둘러 주력만으로 단테가 주문을 풀어놓는 것과 동시에 훌쩍 뒤로 물러서며 그림자가 소리친다.

"뭐엇!"

엉겁결에 외치는 단테의 고함과 함께 허공에 펼친 주력이 그대로 상쇄되어 흩어졌다.

"……."

서둘러 아이를 끌어안고 말없이 상대를 노려보는 단테.

물러선 단테의 걸음에 맞춰 햇빛이 궤적을 바꾸어 놈의 얼굴을 드러냈지만, 아이를 납치하려고 했던 그림자는 검은 두

건을 뒤집어쓰고 있어서 누군지 짐작도 할 수 없는 상황이었
다. 다만 복면 위로 뻗은 머리와 체형으로 놈이 아까 단테를
습격했던 은발의 여자라는 사실만을 알 수 있을 뿐이었다.

"…아이를 돌려주시죠."

여자가 말했다.

"이 아이가 가지고 싶은 거야? 그렇다면 대가를 지불하시
지. 이 세상에 공짜는 없으니까."

사악한 미소를 짓는 단테.

"설마 아이의 엄마라고 주장할 생각은 아니겠지?"

흥정에 응한다면 터무니없는 액수를 불러주마, 하고 다짐하
는 단테를 향해 복면의 여자는 깊은 한숨을 내쉬었다.

"당신의 아이도 아니지 않습니까?"

"호오."

그 말에 단테는 엄청 재밌어하는 표정으로 놈과 시선을 교
환했다.

단테는 슬쩍 상대를 떠보기로 했다.

"파타."

움찔!

"호오."

노골적으로 당황하는 놈의 반응에 단테는 눈을 가늘게 치켜
떴다.

"적어도 아는 사이인 듯싶군."

"큭!"

단테의 느글느글한 한마디에 은발의 여자는 낮게 혀를 차더니 이윽고 훌쩍 뒤로 물러서며 순식간에 골목 안으로 도망쳐 사라져 버렸다.

“오라버니잇!”
“시끄러.”
현관을 밟자마자 빼액 소리를 지르는 피아레를 향해 단테는 엄청 귀찮은 얼굴을 했다.
“아이 깨니까 조용히 해.”
그렇게 말하며 단테는 아이를 피아레에게 건넸다.
“어라?”
엉겁결에 아이를 받아 든 피아레.
“히이이잉.”
“히익!”
금세라도 울음을 터뜨릴 듯이 보채기 시작하는 아이의 표정에 깜짝 놀란 피아레는 서둘러 아이를 좌우로 흔들고,
“우리 아기, 잘도 잔다앗!”
엉망진창인 화음으로 노래를 부르며 힘겹게 아이를 달래기 시작했다.
“피곤해…….”
피아레에게 아이를 떠넘기자마자 단테는 거실 소파에 드러누웠다.
“제가 안을게요, 아가씨.”

“오! 고마워.”

쩔쩔매는 피아레를 대신해서 아이를 받아 든 아리사.

“잘하는데?”

익숙한 자세로 솜씨 좋게 아이를 안아서 달래는 그녀를 보며 단테는 축 늘어진 자세로 고개만 들고 중얼거렸다.

“여자니까요.”

“……”

쌩긋 웃으며 화사한 목소리로 덧붙이는 아리사의 말에 무표정한 얼굴로 비난을 담아 피아레를 쳐다보는 단테.

“소녀니까요!”

“…그러냐?”

단호하게 잘라 말하는 피아레의 말에 단테는 질린 표정으로 시선을 돌린다.

“와아아!”

두 팔을 번쩍 치켜든 채로 리테와 이리스가 방 안으로 뛰어들어 온 것은 그때였다.

“안젤리카가 돌아왔다요!”

“아앗! 엄청 귀여워요오오!”

자지러질 듯이 좋아하며 이리스와 리테는 아이에게 달라붙는다.

“…안젤리카?”

“네!”

느닷없는 말에 의아한 표정으로 중얼거리는 단테를 향해 리테가 힘차게 고개를 끄덕였다.

"단테님의 딸이니까 안젤리카라고 지었어요!"

"응!"

고개를 돌려 모두를 향해 말하는 리테를 보며 남은 세 아가씨가 고개를 끄덕인다.

"……."

그 말에 단테의 고개가 무겁게 돌아가고,

"그러니까 내 아이가 아니라고!"

피를 토하며 울부짖어도 들어주는 사람은 없다.

"오라버니."

그 말에 엄청 살벌한 시선으로 단테를 노려보는 피아레.

"주인님."

그녀의 옆에 다가온 아리사는 자그마한 한숨을 내쉬었다.

"한때의 실수로 아이가 생겨서 인정하고 싶지 않은 그 기분을 모르는 것도 아니지만… 그래도 주인님, 남자라면 떳떳하게 인정하세요."

그렇게 말하며 단테의 두 손을 꼬옥 움켜쥔 아리사.

"양육 때문이라면 걱정하지 마세요. 주인님의 실수는 메이드가 책임지는 것이 당연하니까요."

"…이봐."

토끼 같은 눈을 하고 울음을 참는 듯한 아리사를 보며 단테의 두 눈이 점이 된다.

"내가 아니야아아……."

"오라버니!"

"남자답게 인정하세요!"

와장창!

완전히 구석에 몰려 힘없이 중얼거리는 단테를 둘러싸고 다그치던 그 순간, 요란한 소리와 함께 창문이 깨져 나간 것은 그때였다.

"뭐얏!"

깜짝 놀라 고개를 돌리는 단테 앞에 데굴데굴 굴러들어 온 것은 오전에 만났던 은발의 여자였다. 여전히 시커먼 복면을 뒤집어쓰고 있는 여자는 온몸에 박힌 유리의 파편을 아무렇지도 않게 뽑으며 훗! 하고 웃음을 지었다.

"다시 왔습니다!"

"뭐가 다시 왔습니다, 냐!"

퍼억!

"우왓!"

외침과 동시에 내던진 탁자에 머리를 맞고 여자는 그대로 앞으로 고꾸라진다.

"무슨 난폭한 짓을!"

"그쪽이야말로 무슨 짓이냐, 남의 창문을 깨고! 당장 물어내! 수리에 청소까지 합치면 전부 은화 55개다!"

"우웃!"

불같이 화내며 다그치는 단테의 어조에 여자는 기가 죽은 표정으로 움찔 뒤로 물러서더니 이윽고 호주머니를 뒤적거려 금화 여섯 개를 꺼내어 우물쭈물 단테에게 내밀었다.

"이, 이것으로……."

"쳇!"

재빨리 금화를 낚아채는 단테.

"…정말 수리비로 은화가 55개나 들어요?"

"열다섯 개면 충분할 거예요."

"아아아앗!"

단테의 등 뒤에서 소곤소곤 주고받는 리테와 아리사의 대화에 은발의 여자는 울컥해서 두 손을 번쩍 들어 올리고,

"바가지잖아요!"

"시끄러!"

퍽!

달라붙는 여자의 얼굴을 단테는 인정사정없이 밟아준다.

"오전에 네 녀석이 한 행동을 잊은 건 아니겠지? 그렇게 도망쳐 놓고 잘도 다시 왔겠다!"

"훗!"

단테의 말에 여자는 은발을 뒤로 쓸어 넘기고,

"혼자 싸우는 게 무서워서 사람을 모으는 것에 시간이 걸린 게 당연하잖아요!"

더럽게 잘난 척하는 자세로 그렇게 외치며 손가락을 딱! 하고 튕겼다.

"오오오오오!"

그것을 신호로 깨어진 창문 밖에서 시커먼 그림자가 우르르

쏟아져 들어왔다. 그 수가 대략 십여 명! 전원이 여자와 같은 시커먼 복면을 뒤집어써 신분을 숨기고 있었다.

"호오!"

그러나 이 정도 인원이 들이닥쳤다고 겁먹을 사람이 단테의 집에는 없다.

"그만 해라, 이 악당들아!"

예의 대사를 외치며 테이블에 한 발을 얹은 채로 피아레는 힘차게 검지를 치켜세웠다.

"너희 못된 악당들은 내가! 반성할 마음도 남기지 않고 깨끗하게 태워줄 테다!"

외치며 두 팔을 번쩍 치켜 올린 피아레의 손바닥을 타고 새하얀 빛이 뿜어져 나온다.

"어스퀘, …꺄악!"

쾅!

"하지 마, 이것아."

냅다 피아레의 뒤통수를 후려친 단테는 지긋지긋하다는 어조로 말했다.

"집, 다 때려 부술 일 있냐?"

투덜거리며 거실 페치카에 장식처럼 세워져 있던 레이피어를 뽑아 들었다.

"아리사와 이리스, 그리고 리테는 뒤로 물러나 있어."

"네, 주인님."

단테는 아리사를 보호하듯 앞으로 걸어나왔다.

“피아레는 모두를 보호해 줘.”

“네, 오라버니!”

한 손을 들어 보이는 피아레를 힐끗 돌아본 단테는 복면의 사내들과 마주한 채로 레이피어를 수직으로 세웠다.

“멋대로 까부는 것은 여기까지다. 여기서 너희들은 한 걸음으로 나아갈 수 없다.”

“흐응.”

이글이글 타오르는 단테를 보며 낮게 코웃음을 치는 여자.

“여자들 앞이라고 큰소리치고 있군요! 아이를 내놓으면 간단히 해결될 문제를.”

“…네 녀석은 어째서 아이를 노리는 거지?”

“대답해 드릴 의무는 없습니다!”

그렇게 말하며 훌쩍 뒤로 물러서며 여자는 손짓을 했다.

“지금이다!”

여자의 호령에 복면의 사내들이 일제히 달려나간다.

제각기 무기를 꺼내 들고 뛰고 있는 남자들의 목표는 우선 단테! 아이를 빼앗기 위해서는 길을 가로막는 단테를 쓰러뜨리지 않으면 안 되는 일이었다.

“오오오오!”

우르르 달려드는 복면의 무리.

단테는 레이피어를 앞으로 겨누며 힘있는 말을 풀었다.

“스트라이킹. 블리스. …그리고 헤이스트.”

콰르르릉!

“말도 안 돼!”

쏟아지는 주문의 연쇄에 여자는 쩌억 입을 벌린다.

“컨티뉴얼 라이트!”

단테의 어깨 위로 손을 내뻗은 피아레의 주문이 달려드는 놈들의 눈앞에 터진다.

“우와앗!”

별안간 뻗어 나온 섬광에 눈이 멀어 어쩔 줄 몰라 하며 물러서는 복면의 사내들.

“하앗!”

놓치지 않고 단테의 레이피어가 발목과 허벅지를 용서없이 찌른다.

“우아아앗!”

선두가 우수수 무너지자 별안간 단테와 마주하게 된 바로 뒤의 복면의 사내들은 그제야 허겁지겁 검을 빼지만 그때는 이미 늦었다!

“컨쥬어.”

퍼억!

그대로 내달려 레이피어를 당겨서 팔꿈치로 얼굴을 후려치는 단테의 일격에 비명조차 지르지 못하고 복면의 자객들은 힘없이 허물어졌다.

“실프!”

단테의 주문이 완성된 것은 그때였다.

쿠오오오오!

그의 발밑에서부터 천천히 올라오는 무시무시한 돌풍은 단
테의 몸을 순식간에 휘감고는 이윽고 단테의 손짓에 따라 허
겁지겁 물러서는 자객들을 단숨에 집어삼켰다.

"가라앗!"

힘찬 Go! 사인과 함께 단테가 주력으로 일으킨 돌풍은 하나
가 되어 놈들을 창밖으로 내던져 버린다.

"우아아아아아!"

비명을 지르며 나가떨어지는 놈들을 쫓아 단테는 재빨리 창
문 밖으로 뛰어나갔다.

"이 자식!"

"시끄러!"

허겁지겁 단테를 향해 칼을 내미는 복면 중에 하나를 단테
는 달려들어 어깨 치기로 날렸다.

"우왓!"

"매직 미사일!"

몇몇 주문을 외칠 수 있는 복면의 사내도 있었던 것 같았지
만 미력한 마력으로는 한 발이 한계였고 그나마도 전혀 연계
가 되어 있지 않았다.

"후우!"

레이피어에 마력을 집중한 단테는 단순한 패턴으로 날아오
는 매직 미사일을 단숨에 요격하고는 그대로 여자를 향해 뛰
었다.

"윽!"

달려오는 단테를 막기 위해 여자는 허둥지둥 단검을 뽑아들었다.

"어설퍼!"

그러나 애초부터 벨 생각은 없던 단테는 여자의 단검을 노려 레이피어로 후려쳐 버렸다.

"꺄악!"

이에 잠시도 견디지 못하고 발라당 나자빠지는 여자.

"이제 순순히 말해보시지."

쓰러진 여자의 멱살을 움켜쥔 채로 단테는 험악한 어조로 말했다. 하지만 단테의 협박에도 아랑곳하지 않고 말없이 여자는 웃음을 흘렸다.

"텔레포트!"

"뭐엇!"

소리친 여자의 모습이 환영처럼 깜빡였다.

퍼엉!

여자는 순간 눈앞에서 사라졌다 싶더니 훌쩍 뒤로 물러선 장소에 나타났다. 여자는 그대로 뒤도 돌아보지 않고 거리의 그늘진 어둠 속으로 몸을 감추었다.

그리고 그 뒤를 쫓아 사라지는 복면의 사내들. 단테가 당황한 틈을 노려서 한 사람도 남김없이 말 그대로 흔적도 남기지 않고 사라져 버렸다.

"오라버니! 괜찮아요?"

"괜찮아."

소란을 피우며 달려오는 피아레를 향해 단테는 손을 휙휙 흔들어 보였다.

"아이는?"

"자고 있어요."

"그래도 오라버니, 자기 자식이라고 챙기는군요."

"……."

어쩐지 흐뭇해하는 피아레를 향해 눈을 흘긴 단테는 현관을 통해 다시 집으로 들어왔다. 거실 안에는 아리사가 리테와 함께 깨어진 유리를 치우고 있었다.

"그런 건 내가 할 테니까 아이나 봐줘."

이리스가 아이를 맡고 있다는 사실에 엄청 불안한 단테는 유리를 줍는 아리사를 비키게 하고는 깨어진 창문 아래에 손바닥을 펼쳐 보였다. 여유있게 구성하는 주문 영창에 맞춰 허공에 펼쳐지는 주력을 촘촘히 짜며 단테는 힘있는 말을 풀어낸다.

"리스토레이션."

힘있는 말에 부응하여 바닥에 뒹굴던 깨어진 창문 조각이 둥실둥실 허공에 떠올라, 마치 당시의 시간을 되돌린 것처럼 떨어져 나간 위치로 돌아갔다.

그리고 새하얀 빛이 촘촘히 균열이 가 있는 창문에 달라붙는다 싶더니, 이윽고 빛이 사라진 뒤에는 처음과 똑같이 긁힌 자국 하나 없는 창문만이 남았다.

"우와아!"

뒤늦게 들어온 피아레가 두 눈을 동그랗게 단테를 보며,

"흑마술에는 이런 것도 있어요?"

"만들었어."

묻는 말에 단테는 고개를 가로 저었다.

"이런 거, 쓸데가 많을 듯싶어서."

"…돈 때문에?"

"물론이지."

질려 하며 묻는 피아레를 향해 어깨를 으쓱해 보인 단테는 소파에 앉아 아이를 달래고 있는 아리사에게 걸어갔다.

"아리사."

"네?"

"쪽지, 아직 버리지 않았지?"

"…그건 무슨 일로 찾으시는지요?"

"아니."

의아해하는 아리사를 향해 단테는 한숨을 내쉬며 말했다.

"어쨌든 이 아이, 그냥 놔둘 수 없으니까."

"……."

단테가 그렇게 말하자 아리사는 잠시 생각에 잠긴 표정으로 고개를 갸웃하더니 이윽고 아이를 리테에게 맡기고는 자리를 비웠다.

"여기 있어요."

이윽고 아이가 담겨 있었던 바구니를 들고 온 아리사는 그 안에서 쪽지를 꺼내어 단테에게 내밀었다.

“고마워.”

종이를 받아 든 단테는 안에 써 있는 글씨를 다시 읽어보고 종이를 앞뒤로 뒤집어 유심히 살펴보았지만, 처음에 보았던 글자 이외에 새롭게 눈에 띄는 것은 아무것도 없었다.

“하아.”

단테는 한숨을 내쉬었다.

“단서가 없군.”

“…아이의 부모를 찾으려고 하시는 건가요?”

아리사가 물었다.

“그래.”

“그거라면, 아마 도리아 가문이라고 생각해요.”

단테가 고개를 끄덕이기가 무섭게 아리사는 담담한 어조로 그렇게 말하고,

“뭐어!”

뒤늦게 깜짝 놀란 눈을 한 단테.

“어떻게 알아, 그거?”

“아, 하지만 아이를 덮고 있던 수건에…….”

아리사는 바구니 안에 놓여진 수건을 꺼내어 단테에게 내밀었다.

“여기 이렇게 가문 표시가 있잖아요.”

“…….”

가볍게 말하는 아리사의 말에 단테는 할 말을 잃었다. 그녀의 말대로 수건의 한쪽 구석에는 자그마한 문양이 새겨져 있

었다.

"아리사, 이렇게 자그마한 문양을 보고도 어떤 가문인지 알 수 있는 거야?"

어이없어하는 단테의 말에 아리사는 빙긋 웃으며 고개를 끄덕였다.

"메이드니까요."

"…그렇구나, 메이드. …역시 대단하네."

몹시도 당연하다는 아리사의 말에 단테는 쓸쓸한 어조로 먼 곳을 바라보며 중얼거린다.

"이 아이는 그러면 도리아 가문인 거야?"

"…아마."

단테의 어깨를 누르고 팔짝 뛰어오른 피아레를 향해 아리사는 말없이 생각에 잠긴다.

"아마도 그럴 거예요."

이윽고 아리사는 그렇게 대답했다.

"장담은 못하지만요."

"헤에."

그 말에 피아레는 재미있다는 듯이 씨익 웃으며 아리사의 바로 옆자리에 앉았다.

"오라버니가 건드린 여자가 도리아 가문이야?"

"캬아아아!"

곧장 불을 뿜어대는 단테를 향해 손을 흔들며 피아레는 히죽 사악한 미소를 짓는다.

"기억도 못하는 거 보면 그거였네요. 원 나잇, …홉!"

"다 큰 처녀가 못하는 말이 없어!"

허겁지겁 피아레의 입을 틀어막은 단테.

"도리아 가문은 어떤 곳이야?"

"독자적인 체계를 지닌 흑마술로 제다우디에 이름이 높은 귀족 가문이에요. …본성(本城)은 아마 여기서 사흘 거리일 거예요."

"좋아!"

아리사의 설명이 끝나기가 무섭게 주먹을 움켜쥔 단테.

"찾아가 일을 마무리 짓겠어!"

벌떡 일어서서 단호한 어조로 그렇게 말했다.

"아앗! 그러면 결혼을 할 생각?"

"……."

다급한 피아레의 외침을 가볍게 무시한 단테는 고개를 돌려 아리사를 불렀다.

"네, 주인님."

"아이는 익숙하다고 했지? 함께 가자!"

단테의 말에 아리사는 서둘러 떠날 채비에 들어가고,

"그러면 나도 갈 거예요, 오라버니!"

짐을 챙기는 단테의 등에 피아레가 찰싹 매달려 소리친다.

"아앗! 저도요오오!"

"나도 간다요!"

이에 질세라 후닥닥 달려와 단테의 다리와 팔에 매달리는 리테와 이리스.

"시끄러어어어엇!"

단테는 냅다 소리를 질렀다.

"어머어머."

첫 반응은 대체로 비슷하다.

단테를 향해 접대 미소를 짓던 사람들은 아리사를 보고 이내 표정을 바꾸어 미소를 머금고, 마지막으로 그녀가 안고 있는 아기 바구니를 보며 환한 웃음을 짓는다.

"여행, 재밌게 보내요."

아마도 신혼부부라고 생각한 것이겠지.

보는 것만으로도 즐겁다는 듯이 흐뭇한 미소를 짓는 여관 아주머니의 안내를 받아서 방을 잡은 단테는 문을 닫고 땅이 꺼져라 한숨을 내쉬었다.

"…어째 모두 똑같은 패턴이냐?"

"죄송해요."

단테가 중얼거리기 무섭게 꾸벅 고개를 숙이는 아리사.

"제가 설명했어야 했는데."

미안해하며 힘없이 사과하는 아리사를 향해 단테는 휙휙 손을 내저어 보였다.

"아니, 그냥 피곤해서 그런 거뿐이야."

어깨를 으쓱 하며 단테는 애써 환한 미소를 지어 보였다.

아리사는 거기까지 생각하지 않았겠지만 적어도 단테는 신혼부부 행세를 하려고 했던 것도 사실이다. 끈질기게 달라붙는 피아레 등을 반 협박 조로 떼어내고 아리사와 단둘이서 길을 떠난 것도 그런 이유였다.

나이를 생각하면 리테나 피아레도 아슬아슬하게 범위 내이기는 해도, 상식을 포함하면 아리사와 비교할 것이 못 되는 둘이다.

"흐응."

물끄러미 아리사를 쳐다보는 단테.

"네?"

느닷없는 시선에 깜짝 놀란 표정으로 허둥거리는 아리사는 상당히 귀엽다.

더구나 오늘은 평소의 검소한 메이드 복장이 아닌 외출복 차림이었다. 메이드 복 차림에 머리를 틀어 올리고 있어서 수수한 미인이라는 소리를 듣기는 해도 사실은 피아레에게도 지지 않는 미인인 아리사였다.

언제나 틀어 올렸던 살짝 웨이브 진 아름다운 머리도 허리까지 늘어뜨렸고, 옷차림도 평소와 다르다. 요즘 유행이라는 터틀넥에 스웨이드 스커트를 입고, 그 위에 보슬거리는 양털 가오리 코트를 걸친 아리사는 누가 봐도 눈길을 뗄 수 없는 굉장한 미인 그 자체였다.

"……."

그렇게 생각하니 어딘가 부끄러워서 저도 모르게 뺨을 긁적거리는 단테였다.

"저녁 먹을래?"

"아참! 지금 준비할게요, 주인님."

"아니, 아래에 식당 있으니까."

어깨를 으쓱한 단테는 문득 생각이 떠올라 고개를 돌려 아리사를 보고,

"그냥 단테라고 불러."

"…네."

그렇게 말하는 단테를 빤히 쳐다보던 아리사는 얼굴을 붉히며 고개를 끄덕였다.

"…단테님."

이윽고 부끄러운 듯이 입술을 손으로 가리며 고개를 숙인 채로 웅얼거리는 아리사의 한마디에 단테의 심장 어딘가에 따스한 바람이 분다.

"읍! 으흡."

애써 헛기침을 하는 단테.

"우에에에엥!"

때마침 울어주는 아이.

"…시트콤이냐?"

부끄러운 마음에 제멋대로 투덜거리며 단테는 문을 열고 복도를 내려간다. 그 뒤를 아기를 두 팔로 꼬옥 껴안은 채로 아리사가 따라왔다.

이런 숙박업소가 보통 그렇듯 여기도 1층은 식당.

슬슬 날이 어두워지기 시작할 무렵에 잔뜩 모인 술 손님으

로 혼잡하다. 단테는 틈을 비집고 들어가 아리사와 함께 한쪽 구석 테이블에 자리를 잡았다.

"어머, 귀여워라."

단테가 앉자마자 달려온 웨이트리스 아가씨가 아리사가 안고 있는 아이를 보며 두 눈을 동그랗게 뜬다.

"아들이에요, 딸이에요?"

"딸이에요."

"어머어머! 이름은 뭔가요?"

"…안젤리카랍니다."

신나서 묻는 웨이트리스 아가씨의 질문에 웃음을 참는 듯한 표정으로 대답하는 아리사.

"……."

그것을 썩은 생선의 눈을 하고 단테는 가만히 보고 있다.

"어머나, 나도 참! 식사는 무엇으로 하시겠나요, 손님? 오늘은 마침 B정식이 아주 맛있어요."

이렇게 웨이트리스가 요리를 권하면 보통은 따라주는 편이 낫다. 생각하고 골라봤자 더 나은 요리는 없는 게 이런 숙박업소인 것이다.

"그러면 B정식으로 둘."

턱을 테이블에 괸 채로 단테는 대답했다.

"그러면 B정식으로 둘, 주문 받았습니다.

웨이트리스 아가씨는 고개를 꾸벅 숙인 뒤에 쌩긋 웃으며 물러났다. 멀찌감치 떨어져서 오너를 향해 주문을 외치면서도 고개는 아직 아이에게서 떨어지질 않는다.

"뭐, 아이와 동물은 여자들에게 인기가 있다고 하니까."

토막 상식을 중얼거리며 시큰둥한 표정을 짓는 단테의 맞은편에 앉은 아리사는 빙긋 웃으며 수저와 스푼을 단테 앞에 챙겨놓았다.

"후에?"

아이는 시끄러운 와중인데도 울음을 터뜨리기는커녕 신기하다는 표정으로 주변을 둘러보고 있었다.

"흐응."

이러니저러니 해도 기본적으로 성격이 좋은 편은 아닌 단테였다. 심술궂게 손을 튕겨 아이의 코를 때려볼까 하다가, 쌩긋 웃으며 다가온 아리사에게 손가락을 잡혀 얌전히 테이블 아래로 손을 내렸다.

"…주인님."

"단테라고 부르니까."

"네, …단테님."

뚱한 표정의 단테를 보며 아리사는 작게 웃음을 지었다.

"단테님의 아이는 참 귀엽죠?"

"귀엽지 않아."

상냥한 어조로 묻는 아리사의 말에도 단테는 무심한 표정으로 중얼거린다.

"이것 보세요, …단테님을 닮은 자그마한 손이에요."

"작지 않아."

무시하겠다는 것을 온몸으로 표현하듯 무표정하게 받아치며 고개를 돌린 단테를 보며 아리사는 한 뺨에 손을 얹은 채로 테이블에 기댔다.

"후후후."

즐거운 듯이 미소를 지은 아리사.

"단테님은 참 귀여우세요."

"……"

터무니없는 이야기를 하는 아리사 덕분에 기운이 빠진 단테는 질린 얼굴을 하고 테이블에 턱을 기댔다.

"B정식 나왔습니다!"

"단테!"

느닷없는 목소리가 울려 퍼진 것은 웨이트리스 아가씨가 쟁반의 요리를 들고 온 것과 거의 동시에 일어난 일이었다.

"……"

움찔하고 모두의 시선이 고정된다. 가게의 문을 활짝 열며 들어온 것은 저택의 창문을 깨먹었던 은발의 여자였다.

"뭐야, 뭐?"

"무슨 일이야?"

느닷없는 고함에 식사를 하던 사람들의 시선이 한곳에 쏠렸지만, 여자의 등 뒤로 흩어져 서 있는 수많은 복면사내들의 모습에 말없이 다시 고개를 돌려 식사에 열중한다.

"아, 오늘 일과가……"

"흐음. 크라켄 잉키스도 졌구만."

"내차암! 그러니 다른 팀 응원하라니까."

애써 시선을 돌리고 딴청을 하는 사람들의 대사는 언젠가 들었던 그것과 다를 게 없다.

"한참 헤맸습니다!"

전혀 도와줄 생각이 없다는 것을 온몸으로 보여주는 주변의 싸늘한 반응에 은발의 여자는 득의만면한 웃음을 지으며 힘차게 손가락을 뻗어 단테를 가리켰다.

"아, 감사합니다."

하지만 전혀 상관없는 사람인 양 단테는 고개조차 돌리지 않고 요리를 받아 들고,

"수고하셨습니다."

아리사 또한 단테처럼 태연하게 요리를 테이블에 올린다.

"어머?"

빤히 이쪽을 쳐다보며 손가락을 가리킨 모습에 혼란스러워 하는 쪽은 오직 웨이트리스 아가씨뿐.

"아닌가?"

그것도 단테와 아리사의 태연한 반응에 잘못 봤나, 하고 고개를 끄덕이며 빈 쟁반을 들고 사라졌다.

"저녁 잘 먹을게요."

"아아."

감사의 인사에 단테는 별것도 아닌걸, 하며 휙휙 손을 내저었다.

"우우웃!"

조용히 식사를 시작하는 단테와 아리사를 보며 입가에 말없이 경련을 일으키는 여자.

"단테!"

이윽고 큰 소리로 외치는 말에도 두 사람은 못 들은 척 시선을 돌린다.

"흐응. 이거, 어쩐지 맛이 강한데?"

"화학 조미료를 넣어서 그래요."

"단테!"

그러나 반응없음.

"아리사는 안 넣어?"

"…아주 안 넣을 수는 없지만요."

"무시하지 마요, 거기!"

"우아아아아아앙!"

버럭 소리를 지르는 은발의 외침에 아이는 돌연 울음을 터뜨렸다.

"어머나."

허겁지겁 아리사가 아이를 안고 달래기 시작했다.

"우이씨!"

콰앙!

야유와 함께 여기저기서 날아온 쟁반이며 컵에 머리를 맞고 여자는 발라당 고꾸라졌다.

"히이익!"

"아이 울잖아아아앗!"

뒤이어 여기저기서 터져 나오는 비난에 여자는 머리를 조아
린 채로 훌쩍거렸다.

"하지만 무시하잖아요오오."

"아아! 시끄러."

엄청 귀찮아하며 단테는 빙글 의자를 돌렸다.

"밥 먹는 도중에 시비를 거니까 그렇지."

"하지만, 우리도 저녁 못 먹었어요!"

"누가 먹지 말라고 했냐!"

빼액 소리치는 말에 단테는 고함으로 맞선다.

"단테님! 아기, 아기."

"아, 미안."

다급한 어조로 소리를 낮추는 아리사에게 맞춰, 단테의 목
소리도 자그맣게 줄어들었다.

"…정 그러면 여기서 먹고 가지 그래? 엄청 맛있다고 추천
할 정도는 아니지만, 그래도 맛없지는 않으니까."

"……."

자리를 권하는 단테의 말에 여자는 물끄러미 테이블 위의
요리로 고개를 돌렸다.

움찔!

한순간 주저하는 듯하다가 이윽고 훌쩍 뒤로 물러서며,

"식사를 하게 되면 복면을 벗을 수밖에 없지 않습니까! 비겁
해요! 비겁해! 이런 식으로 얼굴을 보려 하다니!"

"아니, 딱히 그럴 생각은 없었는데."

비겁해 모드로 맞이 간 여자를 보며 단테는 어깨를 으쓱해 보였다.

"목소리를 숨기는 것도 아닌데도 내가 아는 사람은 아닌 것 같고, 그렇다면 당신의 얼굴을 본다고 내가 알 것 같지는 않은데."

"웃!"

"어차피 이쪽도 아이가 있어서 가능한 여관에서 싸우는 것은 피하고 싶거든. 그러니까 굳이 싸우고 싶다면 식사가 끝난 뒤에 나가서 해결하는 것이 어때?"

테이블에 턱을 괸 채로 단테가 말했다.

"……."

그 말에 다시 요리로 시선을 돌린 여자는 말없이 빈 테이블에 앉고, 나머지 복면들도 차례차례 의자에 앉기 시작했다.

"B정식으로 전원 주세요."

"…네, B정식으로 준비하겠습니다."

웨이트리스 아가씨를 불러 주문을 한 복면 일당은 테이블에 얌전히 앉아서 요리를 기다렸다.

우당탕!

느닷없이 벌컥 문이 열리고 갑옷을 입은 병사들이 우르르 들어온 것은 그때였다.

"수상한 놈이 누구냐!"

"저 사람들이에요!"

가장 선두에 서 있던 병사의 외침에 지체없이 복면의 여자를 향해 손가락을 가리키는 웨이트리스 아가씨.

"우아아앗!"

느닷없이 들이닥친 경비대에 깜짝 놀란 복면들은 벌떡 일어서서 허겁지겁 가게의 뒷문을 찾아 도망치기 시작했다.

"이걸 기다린 것뿐이야."

"속였구나, 단테엣!"

포크를 흔들며 유유히 떠드는 단테의 말에 여자는 아뿔싸! 하며 머리를 감싸쥔 채로 도망쳤다.

"쫓아라!"

그 뒤를 추격해서 달리는 마을 경비대.

"모쪼록 수고하시기를."

단테는 살랑살랑 손을 흔들었다.

해가 지기 시작한 석양은 아름답다.

하지만 그것은 일상에서 오는 행복에 가까운 느낌이라서, 보통은 무심코 지나치고 마는 것도 사실이다. 평범한 사람이 평범한 하루를 끝마치고 지는 석양을 보며 감동을 하는 것은 여간 어려운 상황에 처하지 않고는 기대할 수 없는 일이다.

하지만 그것과는 또 무관하게 밤을 즐기는 사람이 있다. 통상 밤손님 여러분. 일반적으로 합법적이지 못한 일을 행하는 자들이 여기에도 하나 있다.

어둠 속을 살금살금 여관의 벽을 기어올라 창문에 이른 남자는 창문 너머로 곤히 잠든 상대를 확인하고는 창틀에 칼을 집어넣어 억지로 창문을 열었다.

키릭!

비틀린 창문이 소리없이 열리고,

파아앗!

방 안에 불빛이 떠오른 것은 때마침이었다. 별안간 환하게 밝혀진 방 안의 광경에 한쪽 발을 창틀에 얹은 상태로 그대로 몸이 굳은 밤손님.

"여어."

맞은편에는 단테가 팔짱을 낀 채로 생글생글 웃으며 남자를 보고 있다.

"파타라고 했지?"

"……"

단테의 말에 남자는 무겁게 고개를 끄덕였다.

"무슨 일인가요. 주… 아니! 단테님?"

뒤늦게 기지개를 펴며 침대에서 일어나는 아리사. 아직도 꿈나라인 아기를 보며 잠이 덜 깬 얼굴로 해사한 미소를 지었다.

"손님이 왔어."

"…손님인가요?"

단테의 말에 아리사는 부스스한 눈을 비비며 일어나 테이블로 가서 찻잔을 찾고,

"아니, 그런 손님이 아니니까."

"…네?"

단테는 차를 준비하려는 아리사를 서둘러 말렸다. 아리사는 여전히 잠이 덜 깬 얼굴을 하고 코트를 챙겨 입고는 아이를 두 팔로 안아 올렸다.

"그런데, 당신."

이윽고 고개를 돌린 단테의 시선은 어정쩡하게 창문을 넘은 상대, 스스로 파타라고 자신을 밝힌 남자에게 향했다.

"혹시나 싶어서 잠을 안 자고 기다리기는 했지만, 더럽게 잘 난 척한 것치고는 치사하게 몰래 밤에 숨어들어 오는 것은 또 뭐야?"

"훗!"

단테의 말에 파타는 머리를 쓰윽 뒤로 쓸어 넘기며,

"두 명이 있는 걸 보니까 무서워서 한밤중에 덮친 게 당연하 잖아!"

"……."

당당하게 외치는 파타의 머리에 단테가 말없이 던진 찻주전 자가 꽂힌다.

쾅!

"히이이익!"

우당탕 뒤로 나뒹구는 파타.

잘난 척한 것치고는 의외로 기가 약한 녀석이었다.

"네 녀석이나, 그 녀석이나, 어째서 그렇게 아이를 데리고 가려는 거지? 대체 무슨 관계인 거야, 너희들은?"

"크윽! 너, 이 자식!"

바둥거리며 힘겹게 일어서던 파타는 단테의 질문에 돌연 분한 표정으로 입술을 질끈 깨물었다.

"네놈에게는 그런 소리를 듣고 싶지 않다!"

파타의 온몸에서 서슬 퍼런 살기가 뿜어져 나왔다.

"죽어라!"

고함을 지르며 달려드는 파타를 향해 달려들며 단테는 힐끗 시선을 돌리고,

"도망쳐, 아리사!"

소리치는 단테의 말에 아리사는 고개를 끄덕이고는 아이를 두 팔로 보듬은 채로 지체없이 문밖으로 달렸다. 자신이 있어 봤자 거추장스러울 뿐이라는 사실을 알고 있는 것이다.

"간다!"

외치며 파타가 허리에서 뽑아 든 것은 세이버였다.

샤아아!

한쪽 날이 얇게 선 무거운 검이 엄청난 속도로 바람을 가르며 단테의 어깨를 노리며 찔러 들어온다.

"웃!"

단테가 바로 상체를 낮춰 날아드는 검을 피하자마자 파타는 재빨리 검을 뒤로 회수하고는 달려오는 기세에 박차를 가했다.

"타앗!"

단테의 브로드 소드에 비해서 파타의 세이버 쪽이 훨씬 가볍고 빠르다. 당겨진 탄력을 더해서 뱀처럼 날카롭게 휘어드

는 찌르기를 가하는 파타를 향해 단테는 발을 들어 테이블을 걸어찬다.

쾅당!

날아간 테이블을 후려치며 파타가 주춤한 틈을 노려 단테는 문밖으로 달리며 빠르게 주문 구성에 들어갔다.

"놓치지 않겠다!"

멀어진 간격만큼 달려와 좁히며 파타는 들고 세이버를 가슴 팍으로 끌어당긴다. 단테는 복도를 빠져나오자마자 진로를 바꾸어 빙글 돌아서더니 그 자리에서 힘있는 말을 외쳤다.

"매직 미사일!"

동시에 차원이 균열을 일으키며 별안간 눈앞에 다섯 발의 매직 미사일이 떠오른다. 이렇게 좁은 복도에서 날아오는 매직 미사일은 피할 수가 없다.

샤사삿!

파타는 날아오는 매직 미사일을 엄청난 속도로 꿰뚫었다! 그러나 평범한 검으로는 마력으로 만들어낸 매직 미사일을 어찌할 수가 없다.

"하아아아!"

단테가 회심의 미소를 짓는 그 순간, 별안간 고함을 지르며 세이버에 찔린 매직 미사일이 흔적도 없이 사라졌다.

"뭐엇!"

"리플렉터!"

깜짝 놀란 단테가 멈칫 걸음을 멈추자 기다렸다는 듯이 쩌렁쩌렁한 목소리로 파타가 소리쳤다. 그와 동시에 파타의 세이버 앞에 떠오르는 다섯 발의 매직 미사일!

"우아앗!"

다음 주문을 미처 외우지 못한 단테는 일부러 나동그라지며 간신히 공격을 피했다. 하지만 그것으로 단테는 파타가 뛰어들 틈을 주고 말았다.

"끝이다!"

"파이어 볼!"

두 눈에 희열을 담고 소리치는 놈을 향해 단테는 두 손을 내뻗은 채로 힘있는 말을 토했다. 구성도 없이 주력만으로 억지로 끌어낸 기술은 위력은 보잘것없었지만, 그래도 파타의 동작을 일순간 멎게 하기에는 충분했다.

콰르르르!

아슬아슬하게 머리칼을 태우며 천장에 작렬하는 파이어 볼의 거센 불꽃이 순식간에 여관의 한구석을 태워먹는다.

"방화범이다아아!"

순간 떠오른 생각에 두 눈을 번뜩이며 단테는 소리쳤다.

"뭐어!"

"어디야, 어디!"

허겁지겁 문을 젖히며 복도에 뛰어드는 사람들을 향해 단테는 손을 뻗어 파타를 가리키고,

"내가 아니야! 불을 낸 것은 이 자식이야!"

엉겁결에 파타는 소리치지만 재빨리 칼을 감춘 단테와 달리

세이버를 빼 들고 있어서야 설득력이 없다.

"저놈이다!"

"잡아라!"

"우아아아앗!"

분노하며 달려든 사람들의 고함과 순식간에 복도를 가득한 연기에 일대는 돌연 아비규환이 되고, 그 틈을 노려 단테는 복도를 따라 아래층으로 달렸다.

"꺄아아아!"

아리사의 비명이 들려온 것은 서둘러 단테가 1층 계단을 뛰고 있던 그때였다.

"젠장!"

계단을 미처 내려가지 못하고 아이를 꼬옥 감싼 채로 안고 있는 아리사의 정면에는 시커먼 복면을 차려입은 십여 명의 남자가 서 있었다. 오후에 한바탕 소동을 일으켰던 놈들이었다.

물론 그 가장 선두에는 은발의 여자가 있다.

"잘도 그런 짓을 했겠다아아!"

힘차게 소리치며 여자는 단테를 향해 검지를 치켜세운다.

"내 발밑에 엎드려 울면서 사과하게 해주겠어!"

크게 웃음을 터뜨리는 여자에게서 시선을 돌려 단테는 아리사의 손을 붙잡고,

"프로텍션 프롬 노멀 미사일즈. 프로텍션 프롬 이블 마인드."

힘있는 말에 부응하여 아리사의 몸을 감싸안으며 새하얀 방어막이 두 겹으로 쳐졌다.

"내 뒤에 있어."

아리사가 말없이 고개를 끄덕이자 단테는 빙글 고개를 돌려 복면들을 내려다보았다. 모든 사람이 나가고 희미한 불빛 하나가 떠 있는 1층의 식당에는 복면들을 제외하고는 아무도 없었다.

"지금부터 나는 지키는 싸움을 해야 하는 쪽이라서 조금 거칠게 나갈 거니까, 끔찍한 꼴을 당하기 싫다면 당장 여기서 나가는 게 좋을 거다."

"웃기지 마라!"

냉정한 어조의 단테의 말에 여기저기 코웃음을 치는 복면사내들.

"이쪽이 훨씬 숫자가 많은데, 무슨 헛소리를 하는 거냐!"

"달랑 혼자서 아이와 여자를 지키며 싸울 수 있다고 생각하냐?"

"아아."

비아냥거림을 담아 외치는 말에도 단테는 무심한 어조로 팔짱을 끼고 고개를 끄덕였다.

"물론이지."

그렇게 말하며 차가운 웃음을 짓는 단테.

"…너희들 따위가 상대라면."

"뭣이!"

“저 건방진 놈이!”

“여자 앞이라고 허세를 부리다니!”

가볍게 던지는 단테의 말에 예상대로 들끓는 복면사내들.

“해치워라!”

“오오!”

여자의 지시가 없었는데도 멋대로 단테를 향해 뛰기 시작했다.

“아아앗!”

뒤늦게 여자는 소리를 질렀지만 이미 늦은 일.

“오케이.”

좁은 계단을 일렬로 뛰어오는 복면을 향해 단테는 재빨리 두 손을 그러모아 한쪽 허리로 빼고,

“파아앗!”

외치며 내뻗는 손바닥에 새하얀 빛이 번뜩인다.

“우앗!”

곧장 날아드는 빛에 휘감겨 비명을 지르며 뒤로 나동그라지는 선두에 휩쓸려 뒤따라오던 복면들도 서로의 다리가 엉켜 비틀거린다.

“그리스!”

놓치지 않고 바로 주문을 풀어내는 단테.

“우아아아!”

별안간 미끈거리는 계단에 헛발을 딛고 서로가 서로를 붙잡는 꼴이 되어 자객들은 도미노처럼 차례로 쓰러진다.

“흩어져어어!”

“그로스 오브 플랜츠!”

여자의 고함이 헛되이 울려 퍼지는 것은 계속되는 단테의 연속 주문 덕분이다. 별안간 계단의 바닥에서 뻗어 나온 시퍼런 잡목과 가시덤불이 단테와 복면사내들의 사이를 가로막으며 순식간에 솟구쳐 올라 벽을 만든다!

“우아아아아!”

아우성을 지르는 복면사내들.

“파이어 트리거.”

뒤이어 단테의 힘있는 말에 응하여 잡목이 불타오르기 시작했다.

“히이이익!”

“사람 살려어어!”

“우와! 불이다아아!”

매연과 불꽃으로 자욱한 1층 식당은 아수라장이 되었다.

“아리사!”

“네! 단테님.”

불타고 있다고 해도 연기가 이 정도 솟구치면 바로 옆에 있다고 해도 눈에 보이는 것이 없다. 목소리를 쫓아 간신히 아리사의 손목을 붙잡은 단테는 연기에 질식해 쓰러진 복면사내들을 걷어차며 시뻘겋게 타오르는 식당 안에서 뒷문을 통해 빠져나갔다.

“우이씨!”

서둘러 골목을 달리는 단테와 아리사의 앞을 가로막으며 짜증이 섞인 목소리를 토한 것은 은발의 여자였다. 그녀의 등 뒤에는 간신히 불길을 피한 복면사내 두 명이 서 있었다.

"얌전히 아이를 넘겨어엇!"

"우에에에에에엥!"

여자가 소리치자마자 아이는 울음을 터뜨리고,

"……."

"웃! 미안합니다."

말없이 쳐다보는 아리사의 원망스러운 시선에 여자는 허겁지겁 고개를 숙이며 바로 사과한다.

"어쨌든, 당신! 거슬려."

"네 녀석이 한 짓은 전혀 생각 안 하는군."

"없애 버려!"

어이없어하는 단테를 가볍게 무시하며 여자는 홀쩍 물러서며 낮게 소리친다. 그 말에 소리없이 단테를 향해 달려드는 두 복면사내는 칼을 뽑아 들었다.

"홀드 퍼슨."

하지만 이미 주문을 준비해 둔 단테.

"우아앗!"

별안간 떠올라 몸을 옭아매는 마력의 밧줄에 묶여 두 명의 복면사내는 그대로 앞으로 고꾸라졌다.

"웃차!"

달려와 뻥! 하고 날리는 단테의 로우 킥에 맞고 놈들은 그대로 정신을 잃었다.

"아아앗! 도움이 안 되잖아!"

엉겁결에 소리치며 은발의 여자는 펄쩍 뒤로 뛰었다.

"매직 미사일!"

"플라이!"

단테가 외친 주문에 허공에 매직 미사일이 출현한 것과 동시에 여자의 몸이 둥실 하늘로 떠올랐다.

"가랏!"

하지만 궤도 수정이 손쉽다는 것이 매직 미사일의 최대 장점! 힘차게 손가락을 치켜세우는 단테의 움직임에 맞춰 매직 미사일도 크게 포물선을 그리며 아래에서 위로 솟구쳤다.

다섯 발의 매직 미사일이 여자를 격추하려는 그 순간!

"프로텍션 프롬 노멀 미사일즈!"

아슬아슬하게 시간을 맞춰 영창을 끝낸 여자의 주력이 별안간 그녀를 휘감으며 허공에 펼쳐졌다.

파아앙!

주력과 주력이 격돌하는 순간, 보다 고위의 기술인 방어 마술에 막혀 매직 미사일이 힘없이 소멸했다. 매직 미사일이 사라지자마자 여자는 재빨리 두 손을 펼쳐 단테를 가리키며 주문을 외우기 시작했다.

"제정신이냐!"

단테는 소리쳤다.

여자가 준비하는 주문은 블리저드 샤워! 상공에 끝이 엄청 날카로운 얼음 덩어리를 무한정 소환하여 상대에게 비처럼 퍼붓는 기술이었다.

"큭!"

피하려고 해도 아이를 안고 있는 아리사를 데리고 달리기에는 너무 늦다. 단테는 서둘러 주문 구성에 들어가며 두 팔을 높이 펼쳐 허공에 떠 있는 여자를 향해 가리켰다.

"블리저드 샤워!"

한발 먼저 완성된 여자의 주문이 별안간 상공에 커다란 얼음덩어리를 떠올렸다. 그것은 빙글빙글 회전을 하며 사방으로 자잘한 얼음으로 흩어지더니 이윽고 고드름처럼 길게 꼬리를 물고 날카로운 얼음 조각이 되어 지상을 향해 곤두박질치기 시작했다.

샤샤샤샤샷!

얼음을 갈아내는 듯한 스산한 소리와 함께 여자가 만들어낸 얼음 송곳들이 비처럼 퍼붓기 시작했다!

"월 오브 파이어!"

단테가 주문 영창을 끝낸 것은 그것이 막 떨어지기 시작할 그때였다. 급한 대로 있는 힘껏 주력을 때려 넣은 마력은 단테와 아리사를 감싸고 허공에 얇은 막처럼 펼쳐지더니, 이윽고 시뻘건 불꽃으로 변하여 솟구쳐 오르기 시작했다.

콰아아아아아앙!

무시무시한 기세로 떨어지던 얼음비가 단테가 펼친 불꽃의 벽에 휩쓸려 그대로 녹아 사라졌다.

"아앗!"

깜짝 놀라 엉겁결에 뒤집어지는 목소리로 소리치는 여자.

설마 그런 식으로 블리저드 샤워를 막을 것이라고는 생각하지 못했던 것이다. 그러나 주문은 거기에 그치는 것이 아니었다. 블리저드 샤워를 순식간에 녹여 버린 불꽃은 돌연 화염 폭풍이 되어 허공으로 높이 뻗어 나와 순식간에 여자를 삼켜 버렸다.

"꺄아아아아!"

밤하늘을 밝게 빛내는 시뻘건 불꽃에 휘감긴 여자는 파리채에 두들겨 맞은 날벌레마냥 어지럽게 비틀거리며 지상에 내려앉았다.

단테는 무표정한 얼굴로 불에 그슬려 초췌한 얼굴을 하고 울먹이는 여자를 바라보았다.

"히이이잉……."

"너 임마아아아!"

울먹이며 뭔가 말을 꺼내려던 여자의 목소리가 묻힌 것은 때마침 단테의 등 뒤에서 울려 퍼지는 고함 소리 때문이었다.

"뭐야, 또?"

엄청 질려하며 고개를 돌리는 단테의 눈앞에는 엉망진창인 몰골로 달려오는 파타가 있었다.

"다음에 다시 봐요오오!"

단테의 시선이 딴 곳으로 향한 틈을 놓치지 않고 복면의 여자가 후닥닥 골목 안으로 도망친다.

“큭!”

서둘러 달려가고 싶어도 파타가 달려오는 마당에 아리사를 놓고 뒤를 쫓을 수도 없다. 결국 단테는 아리사를 가로막으며 놈을 향해 검을 뽑아 들었다.

“네 녀석 덕분에 잔뜩 오해받았다고!”

“괜찮아.”

분노의 불길을 토하는 파타를 보며 단테는 가볍게 손사래를 치고,

“…괜찮아?”

“내 일이 아니니까.”

눈을 동그랗게 뜨고 묻는 파타를 향해 단테는 산뜻한 목소리로 가볍게 대꾸한다.

“너 이 자시이이익!”

단테의 한마디에 왕창 열받은 파타.

“간다!”

허리에 차고 있던 칼을 뽑았다.

“와라!”

외치며 달리는 파타에 맞춰 단테가 달렸다.

파캉!

두 개의 은빛이 궤적을 그리며 엇나간다. 파타의 날카로운 찌르기를 칼날을 흘려 막은 단테는 그대로 상체를 숙여 놈의 가슴에 접근했다.

“웃!”

안 좋은 예감을 받은 파타가 훌쩍 물러서는 것과 동시에 단테의 소매에서 새하얀 단검이 아슬아슬하게 빗나간다.

"칫!"

낮게 혀를 차며 단테는 옆으로 뛰었다.

"도망치지 마라!"

그에 맞춰 몸을 기울여 간격을 맞추며 파타는 세이버의 그립을 두 손으로 움켜쥔 채로 오른쪽 어깨 위치까지 바싹 칼을 당겼다.

"컴브레이커!"

파아앙!

뒤이어 외치는 파타의 고함과 함께 파타가 찌르는 세이버가 수십 개로 늘어나며 단테의 목을 노렸다. 실제로 세이버가 늘어난 것은 아니다. 눈에 보이지 않을 만큼 놀라운 속도의 찌르기가 수많은 잔상을 일으킨 것이다.

"크윽!"

이것을 간신히 허리를 당겨 피하며 단테는 다시 옆으로 몸을 피했다. 억지로 비튼 허리에 욱씬 통증이 뒤따른다.

"라이트닝 볼트!"

주력만으로 강제로 구성한 번개가 단테의 손끝에서 놈의 가슴팍을 노리고 날아갔다.

퍼엉!

하지만 그것은 한순간에 놈의 세이버에 찔려 칼날에 휘감겼다. 틀렸다 싶자 바로 몸을 돌리는 단테를 향해 놈은 칼끝을 세웠다.

"리플렉션!"

칼날에 맺힌 번개가 이번에는 단테를 향해 뻗어나갔다.

"브레이크!"

하지만 실상 여기까지 손을 써둔 단테!

"뭐엇!"

콰르르르!

힘있는 말에 부응하여 단테를 향해 뻗던 번개는 별안간 허공에 폭발하여 사방에 새파란 빛을 흩뿌렸다.

"하아아!"

이를 놓치지 않고 빛을 뚫고 달리려던 단테는 달리던 자세 그대로 검을 든 채 멈칫 섰다.

"흐응."

재미없다는 듯이 혀를 차는 파타.

달려들었다면 크게 다쳤을 쪽은 도리어 단테였다. 흩어진 번개를 고스란히 맞으면서도 파타는 자세를 풀지 않고 세이버를 세우고 있었던 것이다.

"제법이야."

"…시끄러."

어딘지 기뻐하며 중얼거리는 파타를 향해 단테는 질린 어조로 투덜거렸다.

"저어… 아저씨."

아리사가 단테의 소매를 당기며 끼어든 것은 그때였다.

“…파타라고 불러주시길.”

상냥한 어조로 무심하게 찌르는 말에 상처받았는지 훌쩍이며 파타가 되받았다.

“아리사!”

“잠시만요.”

깜짝 놀라는 단테의 손을 부드럽게 움켜쥐며 아리사는 파타를 마주 보며 한발 앞으로 나섰다.

“그러면, 파타 아저씨.”

“…아저씨는 빼고.”

“그러면 파타님. …꼭 싸우셔야 하나요?”

고개를 갸웃 기울인 채로 의아한 듯이 묻는 말에 마주 보는 단테와 파타의 눈이 점이 된다.

“이렇게 갓난아이도 있는데, 눈앞에서 피를 흘리며 싸우는 것은 좋지 못하다고 생각해요. 교육상.”

한 팔로 아이를 안은 채로 검지를 세우며 분명한 어조로 말하는 아리사의 말에 말없이 눈썹을 가로 모으는 파타.

“하아.”

이윽고 한숨을 내쉬며 세이버를 거두었다.

“…교육상, 인가?”

그렇게 중얼거리던 놈은 단테가 대꾸를 할 틈도 없이 그대로 어둠 속으로 사라져 버렸다.

한적한 오솔길을 따라 걷고 있다.

도리아의 성으로 향하는 가도는 길을 돌게 되어 있어서 단테는 산을 가로지르기로 결정한 것이다. 처음에는 꽤 시끄러웠지만 여행이 계속될수록 아이도 익숙해진 것인지 여간한 일에는 이젠 울음도 터뜨리지 않는다.

"잘 자요, 안젤리카."

노래를 흥얼거리며 아이의 등을 토닥거리는 아리사.

한발 앞장서 걷던 단테는 문득 걸음을 멈추고,

"뛰어, 아리사!"

별안간 그녀의 팔을 손을 움켜쥔 채로 달리기 시작했다. 느닷없이 뛰기 시작한 단테를 아무 불평 없이 따라서 달리는 아리사.

"라이트닝 볼트!"

때마침 두 사람의 등 뒤로 시퍼런 번개가 솟구친다.

"큭!"

재빨리 아리사의 팔을 당기며 몸을 피하는 단테의 옆을 아슬아슬 스치며 섬광이 공간을 찢으며 지나갔다!

"단테에에에!"

길게 소리를 높이며 단테를 쫓는 사람은 말할 것도 없이 은발의 여자! 힐끗 시선을 돌린 단테의 시야에 그녀를 따라 달리는 사내들의 모습이 보인다.

울긋불긋한 오솔길에 어울리지 않는 칙칙한 복면을 쓰고 있지만, 외진 곳이라 사람이 오고 가는 일도 없어서 새삼 시선을 끌 일도 없었다.

하지만 도리아 성까지는 이제 반나절 이내. 걸음을 서두른다면 도착까지는 그렇게 많은 시간이 필요하지 않다.

"좋아!"

그렇다면 여기서 승부수!

"꽉 잡아, 아리사!"

"네! 단테님."

아리사의 허리와 다리를 두 손으로 받치고 번쩍 들어서 일명 공주님 안기로 그녀를 껴안은 단테는 달리는 걸음에 박차를 가했다.

"플라이!"

힘있는 말에 부응하여 아리사를 두 팔로 안아 든 단테의 몸이 둥실 떠올랐다.

"후에에에."

"…괜찮아요."

칭얼거리는 아이를 부드럽게 감싸안으며 아리사는 미소 띤 얼굴로 달랬다.

"아앗! 도망치지 마아아앗!"

단테의 뒤를 쫓으며 무리한 요구를 하는 여자.

"받은 만큼은 돌려주지!"

날아가는 속도를 적당히 조절하며 단테는 주문 영창에 들어갔다.

"놓치지 마!"

"쫓아!"

아리사가 마른 편이라고는 해도 다 큰 처녀와 아이를 안은 단테다. 플라이 주문은 말이 뛰는 것보다 빠른 이동력을 가지고 있었지만 이렇게 하중이 가해지면 달리는 것보다 조금 빠른 속력으로밖에 이동할 수 없었다. 반면에 저쪽은 필사적으로 달려오는 중이니 결국 처음에 벌어진 거리에서 더는 좁혀지지 않는다고는 해도 딱히 늘어나지도 않는 형편이었다.

이렇게 지지부진한 진행이 얼마 정도 계속되었다 싶을 무렵, 영창만으로 끝낸 단테의 주문이 허공에 구성을 그리며 떠올랐다.

"파이어 볼!"

단테는 그것에 마력을 때려 넣는다.

쿠오오오오!

둥실 허공에 떠오른 화염덩어리는 아직 명령이 없는 단테의 눈앞에서 이글거리며 빙글빙글 회전했다.

"우왓!"

단테의 눈앞에 떠오른 것이 무엇인지 비로소 눈치 챈 여자는 비명을 지르며 허겁지겁 물러섰다.

"흩어져!"

"가라아앗!"

여자의 외침과 단테가 목청껏 소리를 지른 것은 동시였다.

콰르릉!

손을 쓸 수가 없어서 정확한 움직임을 그릴 수는 없어도 단테가 만들어낸 파이어 볼은 제대로 포물선을 그리며 여자와 복면사내들 사이에 떨어졌다.

무성하지는 않더라도 제법 푸른빛이 돌았던 들판에 엄청난 기세로 격돌한 파이어 볼은 일순간에 불꽃 기둥을 만들어 무섭게 솟구쳐 올랐다.

"우아앗!"

"사람 살려어어!"

일순간 번진 불길에 휩싸여 허우적대며 바동거리는 새까만 복면 일동.

"훗!"

깔끔하게 끝났다고 생각한 단테가 속으로 회심의 미소를 짓는 그 순간, 별안간 불꽃을 뚫고 여자가 튀어나왔다.

"플라이!"

달리며 외친 주문의 힘에 의해 둥실 허공으로 떠오른 여자. 처음에는 비틀비틀 위험하게 흔들렸지만 이내 자세를 바로 잡고 단테를 쫓아 날기 시작했다.

"멀티!"

궤도를 잡자마자 바로 주문 영창에 들어가는 여자.

"라이트닝 볼트!"

힘차게 펼친 왼팔을 오른손으로 받쳐 들고는 단테를 똑바로 가리키며 구성된 주력을 아낌없이 퍼부었다.

콰르르르르!

돌연 천둥이 울리며 여자의 손바닥에 떠오른 대여섯 발의 라이트닝 볼트가 불규칙한 선을 그으며 망설임없이 단테를 향해 날아왔다!

쾅르르, 쾅!

자신을 노리는 빛줄기를 말 그대로 종이 하나 차이로 아슬아슬하게 피하며 플라이 주문으로 불안하게 떠 있던 자세가 파도에 휩쓸린 나룻배마냥 무섭게 요동쳤다.

"꺄아아!"

"잠시만 참아!"

저도 모르게 비명을 지르는 아리사를 두 팔로 꼬옥 껴안으며 단테는 태양을 향해 높이 솟구쳐 올랐다.

"아앗!"

눈부시게 빛의 그림자에 휩쓸려 단테의 모습을 한순간 놓친 여자가 허둥대며 좌우로 고개를 돌렸다. 하지만 단테가 숨은 곳은 훨씬 위!

"여기다!"

별안간 소리치며 여자의 머리 위에서 등장한 단테는 재빨리 완성한 주문을 풀었다.

"홀드!"

단테가 풀어낸 주문은 홀드.

"꺄아악!"

말 그대로 상대의 움직임을 막아버리는 이것은 홀드 퍼슨과 비교하면 상대를 구속하는 지속 시간은 짧아도 손끝 하나 옴짝달싹 못하게 붙잡아둔다는 면에서는 단연 효과가 위인 기술이었다.

파앙!

느닷없이 퍼붓는 주문에 고스란히 일격을 당한 여자는 허공에서 순간 멈칫 몸이 붙잡혔다 싶더니 곧이어 엄청난 속도로 지상을 향해 곤두박질치기 시작했다.

"히이이이익!"

여자가 하늘을 날기 위해서 썼던 플라이 주문은 위치 제어와 같은 것에 몸짓이 필요했고, 단테가 날린 홀드 주문에 몸이 옭매이자 그대로 추락하고 만 것이다.

콰아앙!

사람이 떨어졌다고는 믿을 수 없을 만큼 요란한 소리를 내며 여자는 지상으로 내동댕이쳐졌다.

"오케이!"

나가떨어진 여자를 확인하고 쾌재를 부르며 플라이 주문을 이용하여 아래로 내려가는 단테.

"잠시."

"네."

부드럽게 대지에 내려앉아 아리사를 얌전히 내려준 단테는 바닥에 퍼져 있는 여자에게 성큼성큼 다가가서 목덜미를 휘어잡아 일으켰다.

"…우우, …아픕니다아."

"시끄러."

울며 눈물을 흘리는 여자의 일으켜 세운 단테는 쌩긋 웃으며 말했다.

"어째서 쫓아온 것인지, 아이는 대체 왜 뺏으려 한 건지 말해보시지."

"흥!"

단테의 말에 코웃음을 치는 여자.

"쉽게 말할 것 같습니까?"

"나는 여자라도 용서 안 해."

콧대를 세우며 떠드는 말에 단테는 무표정한 얼굴에 억양이 없는 어조로 말한다.

"아앗!"

그 말에 돌연 눈빛이 바뀐 여자.

"뭐든지 말하겠습니다! 아이를 부모에게 돌려주려고 하는 거예요오!"

당장에 비굴한 자세로 손을 모은 채로 떠드는 여자를 보며 단테는 눈썹을 가로 모으며 시선을 돌렸다.

"이게 무슨 소리인 거 같아, 아리사?"

하지만 단테와 눈이 마주친 아리사 역시 알 수 없는 것은 피차일반.

"이상하네요."

아리사는 고개를 갸웃 기울이며 말했다.

"이 아이의 부모는 아마 도리아 가문이겠지요?"

"……."

고개를 기울여 시선을 맞춘 아리사를 보며 여자는 말없이 고개를 끄덕였다.

“그렇다면 더욱 이상하네요. …저희는 지금 도리아 가문의 본성으로 가는 도중이에요. 아이를 부모에게 돌려주실 생각이라면, 처음부터 그렇게 말하면 되지 않았나요? 어째서 가는 길을 방해하시며 아이를 빼앗으려고 하신 건가요?”

“웃! 그건…….”

한숨을 내쉬며 묻는 아리사의 말에 여자는 우물쭈물 말을 흐리더니 이내 고개를 푸욱 숙인 채로 입을 다물었다.

“…이봐.”

“컨티뉴얼 라이트!”

질린 어조로 중얼거리는 단테의 눈앞에 돌연 여자의 주문이 터졌다.

“우왓!”

눈앞에 번뜩이는 새하얀 빛에 반사적으로 눈을 감은 단테가 물러서는 것과 동시에 여자는 벌떡 일어나서 아리사를 향해 달려들었다.

“내놔아!”

여자는 소리쳤다.

짜악!

안고 있는 아이를 빼앗으려고 하는 것이겠지만 아리사는 뺨을 얻어맞으면서도 아이를 놓지 않았다. 도리어 아이를 감싸 안고 몸을 웅크려서 여자가 어떻게 해도 뺏을 수 없게 만들어 버렸다.

“쳇!”

낮게 혀를 차며 여자는 돌아서서 달리기 시작했다. 아픈 눈을 비비며 단테가 정신을 차리기 시작했기 때문이었다.

"아리사!"

"괜찮아요."

한쪽 뺨이 퉁퉁 부은 상태인데도 애써 웃는 아리사를 보는 단테의 얼굴이 무섭게 돌변한다. 벌떡 일어서서 도망치는 여자를 찾아 고개를 돌리는 단테.

쫓아가기에는 이미 거리가 멀다.

"큭!"

한순간 망설였지만 얌전히 무릎을 낮춘 단테.

"가만히 있어."

아리사와 시선을 맞추고는 부은 뺨에 손을 얹고는 조용히 주문 영창에 들어갔다.

"스카 큐어."

새하얀 빛이 단테의 손바닥을 타고 떠올랐다가 이내 아리사의 뺨에 스며들었다. 빛이 사라지자 피멍이 들어 있던 뺨이 붓기가 가라앉는 것과 동시에 상처가 말끔하게 사라졌다.

"혹시 모르니까 틈틈이 거울을 봐서 혹시라도 상처가 있으면 말해줘."

"…고마워요."

"미안한 건 이쪽이야. 나 때문에 이런 일이 생긴 거니까."

정중하게 고개를 숙여 인사하는 아리사를 향해 단테는 한숨을 내쉬며 그렇게 말했다.

"어쨌든 아리사에게 이런 짓을 한 녀석은 절대로 가만히 안 놔두겠어."

"…단테님."

살기를 풀풀 날리며 자리에서 일어선 단테의 팔을 잡아당기는 아리사.

"그런 표정을 지으시면 안젤리카가 무서워해요."

눈조차 녹아내릴 듯한 따스한 미소를 지으며 가슴에 안고 있던 아이의 한 팔을 손으로 잡고 단테를 향해 인사를 하듯 좌우로 흔들었다.

"…정말이지."

항복이라도 하는 듯이 두 팔을 들어 올린 단테는 표정을 풀고 단테는 자리에서 일어섰다. 하지만 이내 다시 긴장한 표정으로 얼굴을 바꾸며 아리사를 감싸듯 한 걸음 앞으로 나섰다.

쏴아아아!

수풀이 바람에 흔들거렸다.

"나오시지."

냉랭한 어조로 떠드는 단테의 말에 응답이라도 하는 듯이 우거진 숲 속에서 십여 명의 사람이 걸어나왔다. 그 선두에 서 있던 것은 은발의 예쁘장한 여자였는데, 그녀는 단테를 보며 쓴웃음을 지어 보였다.

"결국 이렇게까지 할 수밖에 없게 만드는군요."

"…너였냐?"

지금은 맨얼굴을 드러내고 있지만 그 목소리는 틀림없는 복면의 여자였다.

"레이리라고 불러주세요. 뭐, 여기까지 와서 새삼 숨길 것도 없으니 그 정도는 알려 드리지요."

스스로 레이리라고 자신을 밝힌 여자는 한 손을 펼쳐 단테를 향해 가리켰다.

"아이를 돌려주시지요. 당신이 얼마나 강한지 모르겠지만 혼자서 우리를 모두 상대할 수는 없을 겁니다."

"그래! 아이를 돌려줘, 이 납치범 자식아!"

"그 아이는 도리아 가문의 아이다!"

레이리의 말이 떨어지기가 무섭게 그녀의 등 뒤에 서 있던 사람들이 아우성을 치기 시작한다.

"납치범?"

느닷없는 말에 어이가 없다는 표정으로 서로를 마주 보는 단테와 아리사.

"무슨 소리를 하는 거야! 누가 납치를 했다고?"

"헛소리는 듣지 않겠습니다!"

엉겁결에 고함을 치는 단테의 말을 무시하며 레이리가 달리기 시작했다. 그리고 그 뒤를 쫓아 달리는 그 외의 무리들.

"쳇!"

할 수 없이 뒤로 물러선 단테는 재빨리 아리사를 한 팔로 안아 들고는 그대로 방향을 돌려 달리기 시작했다. 아리사와 아이를 한 손으로 안아 든 덕분에 묵직한 무게가 보통이 아니었지만 아리사와 손잡고 달렸다가는 늦는다.

"헤이스트!"

단테는 엄청난 속도로 주문을 완성하고는 달리는 걸음에 가속을 더했다. 단테와 레이리 일당의 거리가 순식간에 벌어졌다.

"놓치지 마!"

소리치는 레이리의 고함이 등 뒤로 쩌렁쩌렁하게 울리며 웅얼거리듯 주문을 외우는 소리가 뒤이어 들려왔다.

"제기랄! 모두 흑마술사였군."

그러고 보니 아리사의 설명에 따르면 도리아 가문이라면 흑마술사 계열이다. 레이리가 고급 주문을 외우는 시점에서 녀석의 정체를 의심했어야 했다는 뒤늦은 후회를 떠올리며 단테는 도망치는 걸음에 박차를 더했다.

"라이트닝 볼트!"

"매직 미사일!"

"파이어 볼!"

단테의 주위를 아슬아슬하게 스치며 연계가 없는 주문이 사방에서 터졌다. 도망치는 상대에게 공격 마술을 퍼붓는 것을 보면 역시 실전 경험은 부족하다고 속으로 중얼거리며 단테는 힐끗 뒤를 돌아보았다.

뒤쫓는 속도의 차이로 레이리를 비롯한 놈들의 간격이 흩어져 있었다. 단테는 그중에 가장 선두의 남자와 적당히 거리를 맞춰 뛰는 속도를 조절하여 순식간에 간격을 브로드 소드의 사정거리 이내로 맞췄다.

“매직 미사, …우왓!”

쾅!

“시끄러!”

서둘러 주문을 외우는 놈의 머리를 단테는 냅다 후려쳤다. 브로드 소드를 칼집 채로 얻어맞은 남자는 잠시로 버티지 못하고 그대로 허물어진다. 단테는 그 틈을 놓치지 않고 훌쩍 옆으로 빠져나가 그 뒤를 쫓던 다른 남자에게 칼을 치켜세웠다.

“으윽!”

설마 도망치던 상대가 별안간 몸을 틀어서 단숨에 동료를 해치우고 자신에게 달려들 것이라고는 생각도 못했던 남자는 전혀 준비가 되어 있지 않았다.

“히익!”

픽!

단테는 달려온 기세를 이용해서 옆차기로 남자의 배를 걸어 차 날려 버렸다. 남자는 제대로 비명도 지르지 못하고 우당탕 뒤로 나뒹굴었다.

“조심해애애애!”

뒤늦게 소리치는 레이리의 외침에 퍼뜩 정신을 차린 녀석들이 허겁지겁 단테에게 벗어나 뭉치기 시작했다.

하지만 애초에 이런 방법이 통하는 것은 여기까지다. 놈들이 물러서서 거리를 벌리는 것과 동시에 단테는 재빨리 주문 구성에 들어가 있었다.

“사일런스!”

단테는 주력을 모은 오른팔을 왼손으로 받치며 힘있는 말을 풀었다.

"……."

단테가 주문을 펼치는 것을 깨닫고 놈들은 사방으로 흩어졌지만 그중 몇 명은 피하지 못하고 고스란히 주문을 뒤집어쓰고 말았다. 별안간 터진 주문, 침묵 마술의 효과로 주문을 외울 수 없게 된 흑마술사는 당황하여 입을 뻐끔거렸다.

"웃차!"

그 틈을 놓치지 않고 단테는 그대로 내달렸다. 능력을 강제로 봉인당한 틈에 쓰러뜨리려고 하는 것이다.

"클라우드!"

하지만 저쪽도 그 정도 생각은 읽고 있다!

별안간 단테의 눈앞에 새하얀 안개가 펼쳐지며 시야가 제로가 되어버린다. 하지만 단테는 당황하지 않고 곧바로 주문을 펼쳤다.

"인플러비전!"

단테의 두 눈에 섬광이 번뜩이며 시야를 어지럽게 하던 새하얀 어둠이 순식간에 흩어진다.

"히이익!"

콰당!

단테는 허겁지겁 도망치는 두 명의 흑마술사에게 펄쩍 뛰어들어 돌려차기를 먹여 일격에 쓰러뜨렸다. 그러나 이만큼 쓰러뜨렸어도 상대의 숫자는 아직이다.

“매직 미사일!”

“매직 미사일!”

가장 초보적이지만 가장 효율적인 주문이 사방에서 터지며 수십 발의 매직 미사일이 허공에 떠올라 단테를 향해 달려들었다.

“텔레포트!”

매직 미사일이 아슬아슬하게 와 닿는 그 순간, 단테의 모습이 깜빡인다 싶더니 순식간에 공간을 뛰어넘어 멀찌감치 떨어진 장소에 등장했다.

콰르르르릉!

한순간 목표를 잃은 매직 미사일이 서로를 요격하여 엄청난 폭음을 내며 흩어졌다. 매직 미사일은 조종이 가능하다고 해도 섬세한 움직임에는 재능이 필요한 것이다.

“커넥션 매직!”

단테의 고함이 터져 나왔다. 일순간에 벌어진 일에 멈칫하여 생긴 틈을 노리고 단테는 눈 깜짝할 사이에 완성한 주문을 풀었다.

“홀드! 디스럽트! 패럴라이즈!”

연속으로 터진 주문의 위력에 한곳에 몰려 있던 서너 명의 흑마술사가 번개에 맞은 듯 펄쩍 뛰어오르더니 이내 힘없이 고꾸라졌다.

“……”

느닷없이 벌어진 그 상황에 모두가 멍하니 서서 할 말을 잃었다. 흑마술을 배우고 있기에 방금 단테가 외친 주문이 얼마나 상식을 벗어난 기술인지를 알고 있는 것이다.

"말도 안 돼!"

누군가가 고함을 질렀다.

"주문의 연쇄라니! 당신, 대체 정체가 뭐야!"

두려워하는 그 눈동자를 똑바로 노려보며 차갑게 웃음을 지어 보이는 단테.

"내 이름은 안단테!"

엄지를 수평으로 눕혀 스스로를 가리키며 외쳤다.

"마에스트로다!"

오만하기까지 한 그 외침에 모두는 눈을 동그랗게 뜨며 한목소리로 외쳤다.

"마에스트로!"

엉겁결에 소리치던 모두는 이윽고 서로를 마주 보며,

"…어라?"

"안단테라고오오!"

모두의 말을 가로막으며 느닷없이 터져 나온 외침은 저 먼 숲 속에서 들려왔다. 이윽고 수풀을 헤치며 걸어나온 사람은 세이버를 어깨에 걸친 파타였다.

"어르신!"

파타를 본 모두는 별안간 소리치고,

"우아아앗!"

머리를 감싸쥔 채로 무너지는 사람은 레이리였다.

“안단테!”

파타는 갑옷을 철렁거리며 단테에게 달려와서는 눈을 동그랗게 뜨며 물었다.

“당신 이름이 안단테였어?”

“그런데?”

“…과연.”

엉겁결에 고개를 끄덕이는 단테를 보며 파타는 어이구, 하며 뺨을 긁적거렸다.

“일이 그렇게 된 거구만.”

“무슨 소리를 하는 거야, 당신?”

묻는 말에 파타는 어깨를 으쓱하며,

“나는 도리아 가문의 데릴사위야. 이 시커먼 친구들은 이쪽 제자들이고.”

그렇게 말하며 손가락을 뻗어 아리사가 안고 있는 아이를 가리켰다.

“그리고 자네가 데리고 온 아이는 내 딸이라네.”

“…….”

느닷없는 전개에 따르지 못하고 말없이 자신을 쳐다보는 단테와 아리사를 향해 남자는 어깨를 으쓱하며 말을 이었다.

“데릴사위이기는 해도 내가 기사단장이라서 주말 부부 같은 건데 말이야, 마침 아내가 여행을 떠난다며 딸을 부탁한다고 했다는 전갈을 들었던 거야. 그런데 어이없게도 딸이 자네한테 가 있었던 거지. 그러니까 그런 상황이 되면 머리에 피가

쏠리게 되잖아. 그래서 앞뒤 안 가리고 일을 벌이고 말았지. 그런데 알고 보니 이런 사정이 있었구만. 하하하하!"

멋대로 떠들며 만족한 듯 호탕하게 웃는 파타를 보며 단테의 이마에 힘줄이 툭툭 붉어져 나왔다.

"무슨 소리를 하는 거야! 알아듣게 설명하라고오오오!"

쾅!

"윽!"

힘차게 뒤통수를 후려치며 소리치는 단테의 반응에 파타는 불쑥 혹이 솟은 머리를 만지작거리며 어깨를 으쓱했다.

"아, 그러니까 그때는 그냥 파타라고 알려줬지만 사실은 내 이름이 그거거든. …알단테 파스타. 그리고 자네 이름이 안단테잖아. 그래서 아마 레이리가 주소를 헛갈린 것 같아."

말 그대로 얼어버린 단테의 어깨를 탁탁 두드리며 파스타는 멋쩍은 듯이 뒤통수를 긁적였다.

"아아! 정말이지 자네에게 미안하게 됐어."

"어르신 모르게 처리하려고 했는데, 일이 그렇게 되었네요. 그쪽에게는 미안하게 되었어요."

완전히 굳어버린 단테를 향해 상큼한 미소로 가볍게 사과하는 파스타와 레이리.

"쪽지에 달랑 당신의 아이입니다, 라고 써놓고 집 앞에 놔둔 건 대체……."

"아내가 장난을 좋아해서."

더듬거리며 묻는 단테의 말에 가볍게 대답하는 파스타.

“…….”

“…주인님?”

걱정스러운 표정으로 소매를 잡아당기는 아리사의 한마디에 간신히 정신을 차린 단테는 조용히 한숨을 내쉬었다.

“할 수 없지.”

그렇게 중얼거리며 단테는 어깨를 으쓱해 보였다.

“엄청 열받는 일이 많았지만, 이렇게 된 이상 할 수 없네. 적당한 사례와 보상으로 용서해 줄게.”

“아하하! 사례와 보상 말인가? 그거야 당연하지! 미안하네, 정말이지 폐를 끼쳤네.”

어깨를 으쓱하는 단테의 한마디에 비로소 마음이 풀렸다 생각한 파스타는 웃으며 단테를 향해 손을 내밀고 악수를 청했다.

“사례는 이자 쳐서.”

단테는 그 손을 마주 잡고 환한 미소를 지어 보였다.

“그리고 보상은 받은 만큼.”

그렇게 말하는 단테를 중심으로 바람이 불기 시작했다.

단테의 등 뒤로 새하얀 드레스를 걸린 바람의 정령이 두 팔로 그를 껴안은 채로 무표정한 눈으로 파스타와 레이리를 쳐다보고 있었다. 단테의 흐트러진 옷자락이 거센 바람에 정신없이 펄럭거렸다.

“아아앗!”

불길한 예감에 움찔 물러서는 두 사람을 별안간 바람이 휘몰아쳐 집어삼킨다.

"컨쥬어."

그리고,

"실프!"

휘이이잉!

"우아아아아!"

비명을 지르며 하늘 높이 솟구쳐 오르는 파스타와 레이리. 한동안 돌아오지 못한 두 사람을 멀리 지켜보며 창백한 표정을 짓고 있는 흑마술사 중에 가장 선두에 있는 여자에게 아리사는 안고 있던 아이를 넘겼다.

"그러면 돌아갈까요?"

"…할 수 없지."

아리사의 말에 단테는 투덜거리며 돌아서서 길을 걸었다.

나긋나긋한 걸음으로 살풋 웃으며 다가온 아리사가 살며시 단테의 팔짱을 끼었다. 이것저것 귀찮은 하루였지만 어쨌든 돌아가는 길은 아리사와 단둘이서 데이트 코스.

"뭐, 이런 것도 나쁘지는 않겠지."

솔직해지지 못하는 단테였다.

CHAPTER 02
축제를 시작합니다!

안단테
칸타빌레

“흐으응.”

창가를 향해서 한 손을 치켜 올린 채로 아리사는 눈썹을 찌푸리고 있었다. 빤히 쳐다보고 있던 것은 유리로 만들어진 자그마한 막대로 사람이 입에 물고 있으면 체온에 따라서 색이 변하는 물건이다.

보통 체온이면 파랑, 조금 높다 싶으면 오렌지, 그리고 아주 위급하면 붉은색으로 바뀌는 것으로 지금 아리사가 햇살에 비쳐 확인한 결과는 선명한 붉은색이었다.

“높네요오오.”

“…네.”

옆에서 호들갑을 떠는 리테를 향해 아리사는 힘없이 고개를 끄덕였다.

"큰일이에요."

리테는 한숨을 푸욱 내쉬며 침대의 끝에 걸터앉았다.

"으으으으윽."

침대에 머리까지 이불을 끌어당긴 채로 반쯤 얼굴만 내밀고 신음하는 사람은 다름 아닌 단테였다. 아리사는 이마에 얹었던 물수건을 한 손으로 들고 다른 손바닥을 얹어보았다.

"어때?"

어딘지 발랄한 어조로 묻는 사람은 피아레.

"…뜨겁네요."

아리사는 한숨을 내쉬며 다시 물수건을 얹었다.

"된통 걸렸나 보네."

"감기… 라는 거죠?"

"네."

갸웃하며 묻는 리테를 향해 아리사는 고개를 끄덕였다.

"가엾은 단테님."

이불을 뒤집어쓴 단테를 향해 상체를 기울인 채로 리테는 중얼중얼.

"이렇게 된통 감기에 걸리시다니 불쌍해요오오."

훌쩍거리는 리테를 보며 단테는 울컥한다. 애초에 몸살을 감기로 만든 것은, 아픈 단테는 나 몰라라 한 채로 놀자며 달라붙은 리테와 이리스였다.

'다, 너희들 때문이잖아아아아앗!'

외치고 싶어도 아픈 몸은 움직여 주질 않는다. 열로 들뜬 머리는 어질어질하고 손발은 물먹은 솜마냥 무겁다. 단순히 머리에 피가 몰린 정도로도 정신이 아찔할 지경인데, 일어서서 소리칠 기운이 있을 턱이 없는 단테였다.

"흐으응."

그런 단테를 내려다보며 다가온 사람은 그의 하나뿐인 여동생인 피아레. 그녀는 단테를 보며 심각한 표정을 짓더니 이내 고개를 돌려 아리사를 보며 말했다.

"다시 해볼까?"

"…하지 마세요."

생글생글 웃는 피아레의 옷소매를 아리사가 잡아당겼다. 단테가 단순한 감기로 여기까지 몰린 것은 피아레의 정체불명의 치료 마술 덕분인 것이다.

"…감기인가?"

"좋았어요, 오라버니!"

이마를 짚으며 혼잣말을 중얼거리는 단테를 보자 엄청 기뻐한 피아레.

"이번에 새로 감기 치료 마술을 개발했어요, 제가!"

"하지 마아아앗!"

완강히 거부하는 단테에게 달려들어 암바를 걸며 시술한 피아레의 기술은 예상대로 대실패. 결국 단테는 정신이 오락가락할 지경에 이른 것이다.

"물수건을 갈아야겠네요."

"물수건 갈아준다요?"

중얼거리며 일어선 아리사의 치맛자락을 당긴 사람은 이리스였다.

"이리스는 착한 아이다요. 내가 물수건 간다요."

그녀는 빙긋 웃으며 자신을 가리키며 말했지만 아리사는 웃으며 고개를 가로저었다.

"괜찮아요, 제가 있으니까."

가능한 일거리는 더 늘리고 싶지 않거든요.

솔직한 감상은 마음속으로 접으며 아리사는 자리에서 일어서서 부엌으로 향했다.

딩동!

종소리가 울린 것은 그때였다.

"누구지?"

피아레는 의자에 앉은 채로 고개를 갸웃했다.

보통 남의 집을 방문하는 것은 오후가 지난 뒤가 제다우디의 예의였다. 아침은 지났다고 해도 점심은 이른 때여서 현관에 마련된 종을 흔들며 손님이 오기에는 어중간한 시간이었다.

"제가 나가볼게요!"

손님인가 싶어서 나가는 아리사에게 손을 흔들며 달려나간 사람은 리테였다.

"아리사 씨는 물수건을 준비하세요오오!"

서투르기는 해도 아리사를 제외하면 일단은 가장 상식적인 사람이 리테다.

"고마워요."

달려가는 리테의 등을 향해 감사의 인사를 남기며 아리사는 부엌으로 걸어가서 마른 수건을 찾아 물에 적셨다.

"편지가 왔어요!"

느닷없는 큰 목소리에 아리사는 물수건을 든 채로 허겁지겁 방으로 달려갔다. 방의 한 중앙에는 방방 뜨며 소란을 피우는 리테가 있었다.

"아리사."

피아레와 이리스는 뒤늦게 달려온 아리사를 향해 고개를 돌리더니 이윽고 한목소리로 그녀의 이름을 불렀다.

"네에?"

깜짝 놀라 의아해하며 바라보는 그녀를 향해 피아레는 손에 들고 있는 것을 흔들었다.

"아리사 앞으로 편지가 왔어."

그렇게 말하며 피아레는 들고 있던 것을 아리사에게 내민다.

"…저한테?"

어디서 온 걸까, 하고 고개를 갸웃하며 아리사는 편지를 받아 들었다.

"어머?"

그것은 밀랍으로 밀봉된 정중한 편지였다. 아리사는 페이퍼 나이프로 모서리를 살짝 잘라서는 안에서 한 장의 편지를 꺼냈다.

"…아리사님을 초대합니다. 메이드 협회장으로부터?"

아리사는 그것을 펼쳐 들고는 소리내어 읽었다.

"에?"

느닷없는 말에 의아한 표정으로 그녀를 쳐다보는 이리스와 리테.

"아!"

피아레는 뭔가 아는 것이 있는 듯 고개를 끄덕였다.

"뭔가요, 뭔가요오오?"

"그러고 보니 그런 축제가 있었지?"

"…벌써 그렇게 됐네요."

"에에엣! 무슨 이야기인가요오오?"

도무지 무슨 이야기인지 짐작을 못하는 리테는 아리사의 허리에 매달려 질문의 꼬리를 잡았다.

"겨울이 되면 집안일을 하는 사람들의 축제가 있어요. 그 축제에 초대한다는 이야기예요."

아리사가 말했다.

"축제요?"

"메이드와 집사의 축제야."

의아해하는 리테를 향해 피아레가 설명을 덧붙였다.

"잘은 기억이 안 나지만 토너먼트 같은 것도 있지 않아?"

"네."

아리사는 고개를 끄덕였다.

"나갈 거야?"

"…올해는 주인님이 아프시니 빠져야겠지요."

와장창!

피아레의 말이 떨어지기가 무섭게 창문이 와장창 깨져 나갔다. 동시에 몸을 웅크린 채로 데굴데굴 굴러서 들어온 시커먼 그림자!

"아앗!"

그것은 놀랍게도 머리에 유리 파편이 잔뜩 박힌 채로 피를 철철 흘리는 여자 애였다. 까만 바탕의 화려한 느낌의 새하얀 레이스가 치렁치렁 달린 엄청 불편해 보이는 메이드 복을 입고 있었는데 귀밑머리로 세로 롤을 늘어뜨린 엄청 화려한 붉은 머리의 소녀였다.

그녀는 비틀비틀하며 간신히 자리에 일어서서는 손등을 뺨에 갖다 댄 채로 이상한 표정으로 웃기 시작했다.

"오호호……."

털썩!

메이드 소녀는 기고만장한 표정으로 웃을 생각이었겠지만 피를 너무 흘린 탓에 이내 정신을 잃고 털썩하고 바닥에 고꾸라졌다.

"…괜찮으세요?"

"저런 거, 그냥 놔둬."

허겁지겁 달려가 여자를 부축해 주는 아리사를 보며 피아레는 손사래를 휙휙 내저었다.

"친한 척하지 마세요!"

간신히 일어서자 여자는 아리사의 손을 뿌리치고는 허리를 쭈욱 폈다. 아리사는 잠시 고개를 기울여 보았다가, 이윽고 다시 환한 웃음을 지어 보였다.

"어떤 급한 용건인지는 모르겠지만, 정문을 이용하시는 게 좋아요."

"우와! 열받네요."

아리사의 상냥한 말에 여자는 완전 열받은 표정으로 울컥하며 목소리를 높였다.

"아아! 정말이지 여전히 짜증나네요, 당신!"

"네?"

검지를 치켜세운 채로 소리치는 여자의 반응에 아리사는 생각에 잠긴 듯 눈을 지그시 감고는 고개를 갸웃 기울였다.

"…저를 아시나요?"

여자는 한 손을 척하니 허리에 댄 채로 다른 손으로 입가를 가리며 훗! 하고 웃었다.

"모른 척해도 소용없네요!"

"네?"

엄청 잘난척하며 외치는 말에도 아리사는 고개를 갸웃.

"…아시는 분인가요?"

"몰라, 몰라."

아리사가 묻자 피아레는 좌우로 손사래를 친다.

"…그러면 이리스 양이나 리테 양의?"

“저런 무서운 분은 몰라요.”

“모른다요.”

이어지는 질문에 리테도, 이리스도 허공에 물음표를 띄운 채로 고개를 가로 저었다. 그 반응에 입을 가린 채로 어쩔 줄 몰라 하던 피아레는 이윽고 두 손을 짝 마주치고,

“…아!”

“훗! 드디어 기억해 낸 거네요.”

거들먹거리는 여자를 지나쳐 이불을 뒤집어쓴 단테에게 다가갔다.

“…손님이 오셨어요, 주인님.”

맛간 생선마냥 퀭한 눈을 한 채로 아리사의 부축을 받아 상체를 일으킨 단테는 여자를 향해 지그시 시선을 던지고,

“…….”

뭐라고 중얼거리는데 작아서 안 들린다.

“…어쩌지요? 주인님도 모르는 분이라니.”

아리사는 힘없이 한숨을 내쉬며 그렇게 말했다. 그 반응에 여자는 돌연 울컥한 표정으로 얼굴이 시뻘겋게 달아오르더니 이윽고 검지를 힘껏 내밀며 소리친다.

“우와아아! 여전히 밥맛없네요, 그 태도! 모른 척하다니, 모른 척하다니요오오오!”

“으잉? 아리사와 아는 사이인 거야?”

“…그렇게 물으셔도.”

의아해하며 묻는 피아레의 말에 고개를 갸웃한 아리사.

“메이드 축제!”

“아!”

갈라지는 목소리로 소리친 여자의 말에 이윽고 손뼉을 마주 치며 말했다.

“그러니까, 발로차…….”

“벨로체야!”

아우우! 하고 발을 동동 굴리며 엄청 분해하며 아리사의 말을 가로막는 여자.

“언제나 그런 식이네, 당신!”

성큼성큼 달려가 아리사의 멱살을 움켜쥐었다.

“사람 좋아 보이는 얼굴을 하고 음흉하게 뒷구멍으로는 저런 식으로 사람의 이름 가지고 치사한 짓이나 하고!”

“이봐, 드릴.”

콧김을 씩씩 내뿜으며 외치는 벨로체의 등 뒤에서 손을 위아래로 흔들며 피아레가 불러 세웠다.

“벨로체네요!”

“하지만 세로 롤은 드릴로 통하지 않아?”

힘차게 외치는 이름에도 불구하고 피아레는 시큰둥한 반응으로 아리사에게 묻는다.

“우후후.”

그 말에 미묘한 표정으로 입을 가린 채로 웃는 아리사.

“아우우우! 주인이나 메이드나, 엄청 남의 속을 뒤집는 거네요!”

“달라.”

엄청 열받아하며 뒤로 쓰러질 듯 포효하는 벨로체를 보며 피아레는 좌우로 손사래를 쳤다.

“아리사의 주인은 우리 오라버니.”

그렇게 말하며 치켜세운 손가락이 가리킨 곳에는 감기로 거의 죽어가는 단테가 있다. 무심코 시선을 쫓아 단테를 확인한 벨로체는 입을 한 손으로 가린 채로 풋! 하고 웃었다.

“어머어머? 궁상스러운 주인에 별 볼일 없는 메이드라니 정말이지 딱 어울리네요. 그래요, 이제부터는 궁상 메이드라고 불러 드리겠어요!”

“……”

신경을 박박 긁는 대사에 울컥해도 고열로 들뜬 단테는 한마디도 뱉을 수가 없다.

“구, 궁상이라고오오옷!”

“안 돼요오오오!”

하지만 성질 급하기로는 누구에게도 뒤지지 않는 피아레. 당장이라도 패줄 듯이 팔을 걷어붙이고 달려드는 것을 리테가 다이빙을 해서 다리를 붙잡는다.

“벨로체 양.”

부글부글 끓어오르는 단테를 두 손으로 부축한 채로 아리사는 조용히 말했다.

“찾아오신 용무가 뭔가요? 제게 시비를 걸고 싶다면 저에게서 이야기를 끝내시지요. 주인님까지 걸고넘어지면… 웃으며 끝낼 수가 없어요.”

“우우웃!”

미소를 지으며 말하고 있어도 등 뒤에서 올라오는 아우라는
험악한 기세의 일변도다. 엄청 박력있는 아리사의 대사에 벨
로체는 움찔하며 뒤로 물러섰다.

“보다시피 메이드 축제에 초대장을 전하러 온 거네요! 고
사(固辭)는 인정할 수 없어요! 올해는 이 몸이 당신을 꺾고 최
고의 메이드로 뽑힐 테니까요오!”

그렇게 말하며 훌쩍 뒤로 물러선 벨로체.

“오호호호호!”

돌연 입가를 한 손으로 가린 채로 웃기 시작하더니 반쪽 남
은 창문의 멀쩡한 쪽을 향해 그대로 달려들었다.

와장창!

엄청난 소란과 함께 깨져서 사방으로 흩어지는 유리창을 배
경으로 소프라노의 웃음소리를 흘리며 사라지는 벨로체.

느닷없는 전개에 넋을 잃고 한참을 멍하니 서 있던 모두는
이윽고 휘이잉, 하고 들어오는 찬바람에 깨진 유리 조각이 들
썩거리자 그제야 정신을 차리고는 서로를 쳐다보았다.

“두 번이나 창문을 깼어요!”

“뭐야, 저거? 저 이상한 드릴은?”

허둥대는 리테와 피아레를 보며 아리사는 자그마한 한숨을
내쉬었다.

“발로차 양이에요.”

“그건 알겠고! 지금 도전장을 내밀고 간 거지? 엄청 열받는 말을 떠들어대고!”

“…초대장을 받기는 했지만.”

울컥하고 화가 치밀어 소리치는 피아레를 보며 아리사는 우물쭈물 중얼거렸다.

“주인님이 아프신걸요.”

아리사의 말이 떨어지기가 무섭게 별안간 바닥에 주저앉은 단테는 거친 숨을 몰아쉬면서도 비틀비틀 창문을 향해 기어가기 시작했다.

“…….”

차마 나오지 않는 목소리로 단테는 떠듬떠듬 입술을 달싹거렸다. 그러자 피아레가 한 손으로 단테의 어깨에 얹으며 다른 손으로 깨진 창문을 가리키며 천천히 고개를 끄덕였다.

“아아! 알아요, 오라버니!”

피아레는 엄청 감동한 표정으로 말했다.

“오라버니는 지금 말하고 있는 겁니다! 나 따위는 신경 쓰지 말고 정의를 지켜! 라고.”

틀려어어어엇!

고개를 저으려고 해도 목을 조르듯 뒤에서 껴안은 피아레 때문에 단테는 꼼짝할 수도 없다.

“오오오오!”

힘차게 어딘가를 향해 검지를 내세우는 피아레의 등 뒤로 감동한 표정으로 리테와 이리스가 박수를 치기 시작한다.

"주인님은 창문 값 물어내, 하고……."

"그래요, 아리사 씨! 저희가 있잖아요!"

"우리가 있다요, 그러니까 안심 푹 놓는다요!"

아리사의 말은 깨끗하게 무시하고 완전히 자기들만의 세상에 빠진 세 사람은 아리사를 향해 멋지게 웃어 보였다.

"그러니까 아리사 씨는 걱정 말고 대회에 나가세요!"

쓰러진 단테를 뒤에서 껴안아 일으키며 힘차게 엄지를 내세운 리테.

"단테 오빠는 우리가 책임진다요!"

팍팍 아리사의 등을 떠밀며 이리스가 빙긋 웃었다.

"그래, 아리사! 내가 도와줄 테니까!"

마지막으로 피아레가 아리사의 등을 팡! 하고 치는 것으로 이야기는 돌이킬 수 없는 강을 건너고 만다.

"…어머나."

난처한 표정으로 힘없이 웃는 아리사였다.

상황이 이 즈음에 이르면 더 이상 아리사의 의사는 관계가 없다. 그렇지? 하며 쳐다보는 셋에게 아리사는 할 수 없이 어색한 미소를 지어 보이며 꾸벅하고 고개를 숙였다.

"그러면 부탁드릴게요."

"오케이!"

그렇게 결정이 나자 피아레는 엄청 기뻐하며 아리사의 팔짱을 끼고는 현관문을 열었다. 이 무시무시한 진행에 단테는 부들부들 떨면서도 손을 내밀어 아리사를 붙들려고 하지만 뻗은 손을 가로채며 피아레가 쌩긋 웃었다.

"그러면 다녀올게요, 오라버니!"

착하지, 하며 쓱쓱 머리를 쓰다듬고는 피아레와 아리사가 문밖으로 사라지는 모습에 단테는 말없이 부들거리며 털썩 바닥에 쓰러졌다.

"우후후후!"

"엄청 보살핀다요."

철컥! 하고 문이 닫히자 쓰윽 다가온 그림자는 두말할 것도 없이 리테와 이리스. 입가에 질질 흐르는 침을 소매로 쓰윽 닦고는 바동거리는 단테를 위에서 덮쳤다.

그만둬어어어엇!

양쪽에서 다리를 하나씩 붙잡은 리테와 이리스가 질질 끌고 가는 것을 끝으로 단테는 정신을 잃었다. 단테 일행이 사라지고 텅 빈 방에는 깨진 창문 틈으로 싸늘한 바람이 휘잉! 하고 불어왔다.

"성함을 적어주시겠습니까?"

환영합니다! 라고 쓰여진 거대한 현수막 아래에 책상을 놓고 접수를 하던 메이드 아가씨가 아리사와 피아레를 향해 쌩긋 웃으며 이름이 빽빽하게 적혀진 종이 묶음을 내밀었다.

"에고, 피곤해."

아리사의 안마를 받으며 휘청휘청 걸어온 피아레.

서둘러 마차를 탔는데도 아리사와 피아레가 축제에 도착한 것은 정오를 한참 지난 뒤였다. 아리사가 목적지를 알고 있어서 피아레는 신경을 쓰지 않았지만 중심가에 있던 단테의 집에서 한참 떨어진 것을 보면 제국의 외곽인 듯싶었다.

“아니요.”

먼저 이름을 적으려던 피아레의 손목을 잡으며 고개를 가로젓는 아리사.

“참가자만 접수를 하는 거예요.”

그렇게 말하며 아리사는 기입장을 받아서 자신의 이름을 적었다.

“아앗!”

이름이 적혀지자 깜짝 놀란 표정을 지으며 접수대의 아가씨는 벌떡 자리에서 일어서서 아리사의 두 손을 붙잡았다.

“아리사 씨였나요?”

“네.”

상냥하게 미소를 지으며 고개를 끄덕이는 아리사를 보며 아가씨의 두 눈이 커졌다.

“전년도 우승자이신 아리사 씨가 맞죠? 우와! 실물로 보게 되어서 엄청 기뻐요!”

꼬옥 움켜쥔 두 손을 힘차게 위아래로 흔들며 엄청 반가워하는 아가씨의 반응에 피아레는 고개를 갸웃했다.

“전년도 우승자?”

“…어쩌다 보니.”

우후후, 하며 입을 가린 채로 여유있는 웃음을 짓는 아리사였다.

"아리사 씨?"

"우와! 아리사 씨가 오셨어?"

유명인이었던 걸까? 아리사의 이름이 불려지자마자 여기저기서 웅성대며 사람들이 몰려오기 시작했다. 개중에는 월간 메이드라고 쓰여진 잡지를 가져와 사인을 부탁하는 사람도 있었는데, 표지에는 무려 청초한 미소를 짓고 있는 아리사의 얼굴이 그려져 있었다.

"우와아아!"

이 엄청난 환영에 넋이 빠진 피아레와 달리 어색해하면서도 대충 상황을 넘기고 있는 아리사였다. 미묘한 표정으로 피아레가 아리사를 쳐다보고 있자니 접수를 맡았던 아가씨가 부끄러워하며 1번이 적혀진 번호표를 그녀에게 내밀었다.

"1번이에요! 아리사 씨를 위해서 따로 번호를 떼어놨어요."

"어머나."

접수 아가씨가 머뭇머뭇 내미는 번호표를 받아 들며 아리사는 꾸벅 인사를 했다.

"감사합니다."

정중한 어조로 아리사가 고개를 숙이자 기다렸다는 듯이 여기저기서 함성이 터져 올랐다.

"올해도 우승하세요!"

"멋진 모습 부탁드립니다!"

높아가는 환호성에 두 눈이 점이 되는 피아레.

"어머어머."

그리고 민망한 표정으로 뺨을 붉히는 아리사를 보며 접수 아가씨는 돌연 벌떡 일어서서 사람들을 떠밀기 시작했다.

"자자! 모두 흩어져요! 아리사 씨가 곤란해하시잖아요!"

"우아아아앗!"

사람들이 흩어지기 시작하자 조용히 한숨을 내쉰 아리사는 꾸벅 고개를 숙여 인사를 하고는 행사장 안으로 들어갔다.

"좋은 시간 보내세요!"

접수 아가씨는 휙휙 손을 흔들며 배웅했다.

일단 안으로 들어오고 나니까 접근하는 일은 드물었다. 아리사의 얼굴을 보고 깜짝 놀란 표정을 짓기는 해도 혼자서 섣불리 다가오기는 용기가 필요한 법이다. 이따금 다가오는 사람들에게 사인을 해주며 아리사는 피아레와 함께 거리를 걸었다.

"꽤 넓네."

마을 하나를 통째로 빌린 것인지 현수막 너머의 거리는 엄청 넓었다. 어찌 보면 평범하게 축제가 벌어지는 거리였지만 떠들썩해 보이는 노점상이라든지, 길거리에 좌판을 벌린 사람들 전원이 말끔한 차림의 메이드나 집사 복장을 하고 있다는 것이 단연 눈에 띄었다.

"메이드 축제라고는 해도 사실은 집사와 메이드 축제가 맞아요. 다만, …숫자가 메이드 쪽이 훨씬 많으니까 그쪽에 휩쓸려 메이드 축제라고 부른답니다."

“그런데, 아리사.”

“네, 피아레님.”

“잘은 모르겠지만 최고의 메이드를 뽑는 대회에서 작년에 우승했다고 했잖아. 그러면 오라는 곳이 꽤 많지 않았어?”

“…저는 지금 있는 곳이 좋답니다.”

우후후, 하고 웃으며 어딘지 즐거운 표정을 짓는 아리사를 보며 피아레는 묘한 얼굴을 하더니 이내 히죽 웃었다.

“이봐, 아리사.”

피아레는 쿡 하고 아리사의 옆구리를 팔꿈치로 찔렀다.

“아리사는 오라버니를 좋아해?”

“네? …에엣!”

느닷없는 질문에 아리사는 깜짝 놀란 눈을 하더니 이내 고개를 돌리며 뺨을 붉혔다.

“그런 거라면 저보다 리테 씨가…….”

“흐응.”

말꼬리를 돌리는 아리사를 보며 피아레는 시큰둥한 표정으로 말했다.

“하지만 그거, 드래곤이잖아.”

“…네.”

무슨 말씀을 하시는 건지요? 하는 표정으로 돌아보는 피아레를 보며 아리사는 뒤통수에 두 손을 깍지 낀 채로 갖다 대며 말했다.

“그러니까 동물이잖아. 아니, 정확하게는 파충류인가?”

"…동물."

할 말을 잃고 멍한 표정으로 쳐다보는 아리사를 보며 피아레는 씽긋 웃었다.

"그러니까 힘내, 아리사. 나, 재미있을 것 같으니까 아리사 응원할게."

"…재미있을 것 같으니까요?"

"응!"

씁쓸한 표정으로 웃는 아리사와 대조적으로 엄청 즐거워하며 엄지를 세워 보이는 피아레였다. 아리사는 작게 고개를 끄덕이며 고개를 돌려 하늘을 올려다보았다.

"…하지만 약속인걸요."

"으잉?"

느닷없는 말에 따라가지 못하고 피아레는 멍하니 아리사의 시선을 쫓았다. 아리사는 그런 피아레를 보며 씽긋 웃고는 손가락을 펼쳐 정면을 가리키며 뛰기 시작했다.

"오프닝 행사가 시작되려나 봐요."

손을 붙잡은 채로 달리기 시작한 아리사에 이끌려 피아레는 사람들이 잔뜩 모인 공터로 향했다. 큼지막한 크기의 공원과 같은 장소였는데, 뒤편에 세워진 건물을 보고 있자니 학교 부지가 아닌가 하고 피아레는 생각했다.

"헤에에."

공터를 가득 메운 사람들은 빳빳한 제복을 입고 있는 메이드와 집사들이었다. 한쪽 가슴이나 팔에 번호표를 붙이고 있는 것을 보면 여기가 대회가 열리는 곳 같았다.

"조용히 해주세요!"

5층 정도로 보이는 건물을 배경으로 공터의 끝에는 탁상이 배치된 약간 높이 솟은 단상이 있었는데 그 앞에는 점잖은 집사 복장을 하고 있는 사람이 서 있었다.

"모두 주목해 주십시오!"

짝! 하고 박수를 치며 시선을 모으는 남자의 목소리는 엄청 커서 공터에 쩌렁쩌렁하게 울려 퍼진다.

"헤에? 마술이잖아."

평범한 목소리로 소리가 거기까지 닿을 리는 없다.

"협찬이에요."

미묘한 표정의 피아레의 말에 아리사는 고개를 끄덕였다.

"살아 있는 역사! 전설의 메이드이신 세리아님의 축사가 있겠습니다."

자아! 하며 힘차게 외치며 사회자가 물러서는 것과 동시에 단상에 올라선 사람은 긴 머리를 땋아 올린 청초한 은발의 미인이었다.

"메이드, 그리고 집사 여러분."

그녀는 단상에 두 손을 얹고는 빙긋 웃으며 말했다.

"긴 축사는 떠드는 사람 외에는 아무도 좋아하지 않지요. 그러니까 요건만 간단히 말하겠습니다. 모두 좋은 시간이 되시길 바랍니다."

엄청 짧은 축사가 끝나자마자 일제히 일어서 환호하는 집사

와 메이드 여러분. 떠나갈 듯이 달아오른 분위기에 피아레는
얼떨떨한 표정으로 피아레를 돌아보며 물었다.

"전설의 메이드라니 엄청 젊네."

"저렇게 보여도 세리아님은 50세는 넘으셨다고 들었어요."

"으잉?"

가볍게 말하는 아리사의 대꾸에 피아레는 두 눈을 동그랗게
뜨고는 단상에서 물러서서 뒤편에 준비된 의자에 앉은 세리아
를 보았다. 하지만 다시 봐도 엄청 젊어 보이는 것이 아무리
높게 잡아도 서른을 넘은 것 같지는 않게 보였다.

"그렇게 안 보이는데?"

농담하는 거지? 하는 표정으로 쳐다보는 피아레를 보며 아
리사는 빙긋 웃으며 대답했다.

"진정한 메이드는 늙지 않는답니다."

덧붙이는 말에 피아레는 일순간 굳어버리고,

"그, 그런 거야?"

"그렇답니다."

이윽고 가자미눈을 하고 중얼거리는 말에 아리사는 빙긋 웃
으며 고개를 끄덕인다.

"…그 말은, 아리사도 그런 거야?"

"글쎄요."

질린 표정으로 되묻는 말에 잠시 생각에 잠긴 아리사.

"10년 후를 기대해 주세요."

이윽고 환하게 미소지으며 덧붙이는 말에 피아레는 그대로

입을 다물었다.

'정말 그렇게 되는 게 아닐까?'

무시무시한 생각을 떠올리는 피아레였다.

"일정은 내일부터입니다. 예선 통과자는 개별 통보하오니 오늘은 축제를 즐겨주세요!"

힘차게 사회자가 손을 흔들며 외치는 것과 함께 공터에 모인 사람들의 환호로 일단 오프닝은 끝을 맺었다.

"퍼레이드라든지 행사 공연 같은 건 없어?"

"피곤한걸요."

의아해하며 묻는 말에 아리사는 빙긋 웃으며 대답하고,

"…축제를 돌아보실래요?"

"오케이."

슬쩍 말을 돌리는 아리사에게 휩쓸려 피아레는 획획 손을 흔들며 그녀의 소매를 당겼다.

"아참! 아리사."

"네?"

"예선은 뭐야? 개별 통보한다고 했잖아."

"그건요……."

"오호호호!"

기묘한 웃음소리가 들린 것은 그때였다.

"……."

엄청 싫은 표정으로 말없이 고개를 돌린 피아레의 시선에는 손등에 뺨을 갖다 댄 채로 어딘지 엄청 거들먹거리며 웃음을 토하는 여자가 있었다.

"제 경고를 감히 무시하셨네요!"

퍽!

깔보는 시선으로 떠드는 벨로체를 향해 피아레는 말없이 근처의 자갈을 집어 던진다.

"꺄아악!"

한 치의 빗나감도 없이 제대로 머리를 맞고 뒤로 벨로체는 고꾸라졌다.

"무, 무슨 짓을……."

부들부들 떨면서 간신히 일어서는 벨로체의 등 뒤로 접근하는 시커먼 그림자!

"우힛!"

가차없이 벨로체를 머리부터 짓밟으며 아리사와 피아레를 마주 본다. 그것은 조금씩 기울어지기 시작한 석양에 어울려 이윽고 세 개의 크고 작은 형태로 바뀌었다.

그리고,

"아리사!"

"드디어!"

"만났군!"

음습한 어조의 세 개의 목소리가 떠오른다.

"보고 싶었어."

"만나고 싶었다고 할까?"

"그쪽은 반갑지 않을지도 모르지만!"

번갈아 외치는 세 개의 목소리는 기묘한 톤으로 이어져 하나의 목소리가 된다.

"아는 사이?"

싫은 표정으로 묻는 피아레를 보며 아리사는 미묘한 표정으로 입을 가린 채로 웃었다.

"재미있는 분들이에요."

아리사는 고개를 돌려 그림자를 가리켰다.

"차례로 앤, 루시, 그리고 멜리나 씨예요."

불려진 이름에 응답이라도 하는 듯 셋은 흐릿한 석양에서 정면으로 걸어나왔다.

"꾸엑!"

발판처럼 깔린 벨로체의 머리가 차례로 밟힌다. 이윽고 등장한 것은 무심한 표정으로 팔짱을 낀 채로 아리사를 노려보는 세 명의 메이드였다.

"…메이드?"

그것을 메이드라고 해도 좋을까?

일단은 메이드 복장을 하고 있었지만 엄청 건장한 몸을 하고 있는데다가 인상도 엄청 더러워 보인다. 셋은 하나같이 지나가다가 아이를 보고 웃음이라도 흘린다면 그대로 울어버릴 것 같은 얼굴이었다.

"네."

질려하며 묻는 말에 아리사는 가볍게 고개를 끄덕였다.

하지만,

"아하하하하하핫!"

기다렸다는 듯이 괴이한 웃음을 터져 나왔다.

"여유있군, 아리사!"

"과연 전년도 우승자!"

"우리를 보고도 그런 말이 나오다니!"

몹시도 즐거운 듯이 어깨를 들썩이며 셋은 좌우로 흩어져 포즈를 취했다.

"어떤 손님이든 두 번 오지 않는다! 지옥 요리사인 앤!"

"어떤 아이든 3초 만에 울고 나간다! 무서운 얼굴의 루시!"

"창문이든 접시든 손에 닿는 것은 모조리 깬다! 파괴의 여왕인 멜리나!"

프라이팬이라든지 식칼 따위로 잔뜩 폼을 잡으며 아리사를 노려본 채로 쩌렁쩌렁 소리친 셋.

"……."

이윽고 말없이 주저앉아 무릎을 모으고 고개를 숙인다.

"스스로 떠들고 상처 입지 말라고."

한숨을 내쉬며 중얼거리는 피아레의 말에 셋은 별안간 얼굴이 시뻘겋게 달아올라서는 벌떡 자리에서 일어서 아리사를 노려보며 한 손을 치켜 올렸다.

"우리들이 있는 한!"

"우리들이 힘을 모으는 한!"

"우리들이 힘을 모아 당신을 타도하는 한!"

오페라라도 하는 것처럼 빈손을 정면으로 펼치며 셋은 차례

로 앞서 나오고,

"무심코 고용했다가 울면서 나가달라고 싹싹 빈다는 우리 3인방이 힘을 모은 이상, 승리는 결코 장담할 수 없다!"

이윽고 하나의 목소리로 외치며 주먹을 불끈 쥐었다.

"……."

엄청 무거운 표정으로 고개를 돌려 말없이 아리사를 쳐다보는 피아레.

"네."

하지만 데미지없음.

"수고하세요."

아리사는 빙긋 웃으며 셋을 향해 꾸벅하고 인사를 했다.

"…훗!"

정중한 인사에 셋은 만족한 표정으로 서로를 보며 어깨를 으쓱하더니 이윽고 고개를 돌려 다시 지는 석양 속으로 사라졌다.

"꾸에엑!"

쓰러진 채로 바둥거리는 벨로체는 돌아가는 길에도 변함없이 밟힌다. 이윽고 완전히 석양 속으로 3인방이 사라지는 것과 동시에 간신히 정신을 차린 벨로체가 비틀거리며 일어선다.

"당신을 쓰러뜨리는 것은……."

힘겹게 대사를 중얼거리는 벨로체의 저편에는 서로 팔짱을 낀 채로 축제가 펼쳐진 거기를 향해 떠나는 아리사와 피아레가 있다.

"…저런 메이드는 싫은데."

"마음을 넓게 가지세요, 아가씨."

사이좋은 대사를 주고받으며 멀어지는 피아레와 아리사.

"기, 기다려요오오오."

다 죽어 가는 목소리로 비틀비틀 그 뒤를 쫓는 벨로체.

"그거 재미있겠는데?"

"아이참! 아가씨도."

깨끗하게 무시하며 점점 희미해져 가는 둘을 따라잡으러 벨로체는 힘겹게 뛰기 시작했지만 금세 발을 잘못 딛고 엎어져 바닥에 쓰러지고 말없이 고개를 숙인 채로 흐느껴 운다.

"……."

석양이 거리를 붉게 밝혔다.

*　　　*　　　*

"…하악 …하악!"

불길한 소리가 들렸다. 익숙하고도 무서운 그것은 오싹한 기억 속에 자신을 노리던 짐승의 숨소리였던 것을 단테는 간신히 기억해 낸다.

"……."

말라 버린 입술로는 입을 떼기도 어렵다. 무거운 눈꺼풀을 간신히 밀어 올리자 바로 눈앞에 보이는 것은 두 뺨을 붉힌 채로 짐승의 눈을 하고 있는 그림자.

"…하악 …하악!"

거친 숨을 몰아쉬며 조금씩 다가오는 그림자는 이윽고 도톰하게 입술을 내밀고 있는 리테의 얼굴로 바뀌고,

쾅!

단테는 망설임없이 헤딩을 날린다.

"꺄아아악!"

리테는 머리를 감싼 채로 쓰러져 바닥에 데굴데굴 구르고,

"뭐 하는 짓이에요오오오!"

이윽고 벌떡 일어선 리테는 핏발을 세우며 단테에게 빼액 소리를 질렀다.

"…너야말로 무슨 짓이야?"

목이 푹 잠겨서 잔뜩 쉰 목소리로 중얼거리는 단테.

"잠자는 숲 속의 미녀!"

리테는 코방귀를 뀌며 검지를 치켜세웠다.

"깊은 잠에 빠진 왕자님은 가련한 아가씨의 딥키스로 깨어나는 것이 당연하잖아요!"

도리어 울컥 화를 내는 리테의 반응에 말없이 그녀를 쳐다본 단테는 이윽고 말없이 한숨을 내쉬며 다시 이불을 뒤집어쓴다.

"…나 좀 내버려 둬."

힘없이 중얼거리는 단테를 내려다보며 리테는 스스로 팔짱을 꼈다.

"아! 그렇군요."

리테는 뭔가 깨달은 것처럼 손뼉을 짝! 마주치더니 단테의 방에서 종종걸음으로 사라진다.

"……."

단테는 리테가 완전히 방에서 나가자 침대에서 내려와 바닥을 엉금엉금 기어서 문으로 향했다.

"단테님!"

다시는 들어오지 못하도록 문을 잠글 생각이었지만, 명랑한 어조로 외치며 리테가 들어온 것은 단테가 문에 도착하기 바로 직전이었다.

"어머?"

한 손에 무언가를 치켜들고 있는 리테였지만 흐릿한 단테의 시선으로는 명확하게 구분할 수 없다. 리테는 문을 향해 부들부들 손을 뻗고 있는 단테를 쳐다보았다.

"단테님도 차암!"

이윽고 리테는 방실방실 웃으며 다른 손으로 단테를 번쩍 들어 올려 옆구리에 끼고는 다시 침대에 눕혔다.

"잠버릇이 나쁘시네요."

리테는 엄청 즐거워하는 표정으로 웃더니 착하지, 하며 단테의 머리를 쓱쓱 쓰다듬었다.

"옷도 갈아입고 왔어요."

그렇게 말하며 제자리에서 빙글 돌며 자세를 취하는 리테.

"……."

이에 말없이 두 눈이 점이 되는 단테.

믿을 수 없게도 리테가 입고 있는 복장은 새하얀 간호사 복이었다. 잘도 그 짧은 시간에 갈아입었다 싶어서 질린 표정으로 멍하니 리테를 쳐다보는 단테.

"그렇게 빤히 쳐다보시면 아니 되어요."

그 시선을 오해하고 리테는 몸을 비비꼬며 수줍게 웃는다.

"…하아."

"우후후후."

아파서 말도 제대로 안 나오는 상황에서 단테가 보여줄 수 있는 것은 노골적으로 싫은 얼굴을 하는 것뿐이다. 하지만 엄청 좋아하는 표정으로 수줍게 뺨을 붉히는 리테를 보고 있자면 분명히 말해서 안 통한다고 할 수 있다. 결국 단테는 포기하고 이불을 뒤집어쓴 채로 리테를 무시하려고 했다.

"단테님."

하지만, 리테는 거북이 머리를 잡아 빼듯 엄청난 힘으로 단테의 머리를 한 손으로 움켜쥐고 이불 위로 당긴다. 아픈 단테는 반항조차 제대로 하지 못하고 리테에게 붙잡혀 질질 끌려 고개가 돌아갔다.

"일어나세요."

영차! 하며 단테의 상체를 일으켜 세운 리테는 눈이 마주치자 빙긋 웃으며 다른 손을 허리에 얹으며 포즈를 취했다.

"죽이에요. 제가 정성껏 준비한 저녁이랍니다."

그제야 단테는 아까 리테가 들고 왔던 것이 무엇인지를 깨달았다. 하지만 감히 그것을 저녁이라고 할 수 있을까? 수줍게

웃으며 리테가 내민 것은 시커멓고 걸쭉한 무언가가 담겨진
접시였다.

일단 죽을 만들려고 했다는 의도는 알겠지만 누가 봐도 엄
청 타버린 데다가 둥둥 떠다니는 것의 정체를 알 수가 없다.

"……."

코맹맹이가 되어버렸는데 코를 찌르는 것 같은 끔찍한 냄새
가 뭉게뭉게 피어나는 그것을 보며 단테는 말없이 몸이 굳어
버린다.

"…배가 불러서."

손사래를 치며 다시 이불에 누우려던 단테.

리테는 침대 옆에 의자를 가져와서는 빙긋 웃었다.

"사양하지 마세요."

하지만 용서없이 뻗은 리테의 손가락이 도망치려던 단테의
턱을 움켜쥔다. 리테는 억지로 단테의 고개를 돌리더니 이윽
고 턱에 그릇을 갖다 댔다.

"환자에게는 영양이 최고랍니다."

"…싫어."

단테는 완강히 고개를 가로저었다. 싫은 것은 싫다! 특히 그
것이 먹고 죽을 것 같다면 고개를 끄덕이는 쪽이 문제인 것이
다.

"아이참."

하지만 상대는 리테다.

"어리광이 참 심하세요, 단테님."

단테가 싫어하는 이유를 자기 멋대로 해석하고는 빙긋 웃으며 고개를 끄덕였다.

"원하시는 대로 제가 먹여 드릴게요."

"트, 틀……. 쿨럭! 쿨럭!"

단테는 저도 모르게 큰 소리를 지르려다가 숨이 목까지 차올라서 기침을 토한다. 하지만 리테는 시선을 돌려 스푼으로 죽을 떠서 입으로 후후 불기 시작했다.

"자아."

착하죠? 하고 입을 오므리며 먹는 시늉을 하며 리테는 스푼을 단테의 입으로 가져간다. 하지만 단테는 입을 꾸욱 다문 채로 고개를 돌렸다.

"어머어머."

이에 난처한 표정으로, 그러나 사실은 엄청 즐거워하며 리테는 다른 손으로 단테의 볼을 움켜쥔 채로 엄지와 검지로 꾸욱 눌렀다.

"……."

그 무지막지한 힘에 눌려 단테의 입이 저절로 벌려진다.

"제가 정성껏 만들었답니다."

상냥하게 웃는 리테의 등 뒤로 후광이 반짝반짝 빛난다.

"싫……."

말이 끝나기도 전에 단테의 입에 스푼을 밀어 넣는 리테.

동시에 입 안에서 펼쳐지는 지옥의 판타지!

"에잇!"

완강히 저항하는 단테의 입을 틀어막으며 리테는 머리를 내려쳤다. 춥을 머리에 맞자 단테는 엉겁결에 죽을 꿀꺽 삼킨다.

'어째서어어엇!'

단테는 모른다.

이것이 개에게 약을 먹이는 방법임을.

"……."

목구멍을 타고 죽이 흘러들어 간다. 동시에 울고 싶었던 것이 아닌데도 단테의 뺨을 타고 눈물이 주르륵 흘러내렸다.

그것은 뭐라고 하면 좋을까?

어떻게 표현하면 이 기분 더러움을 납득시킬 수가 있는 걸까? 대체 어떤 방법으로 만들면 그 간단하다는 죽이 한입 갖다 댄 것만으로도 눈앞이 아득해지는 것으로 바뀔 수 있는 걸까?

"……."

여러 가지 복잡한 의문으로 우주를 경험하는 단테였다.

"헤에에."

눈동자가 흐릿한 단테와 시선을 맞추며 리테는 배시시 웃었다.

"저는 예전부터 병간호를 동경해 왔어요."

팔꿈치를 침대에 댄 채로 머리를 턱을 괴고 단테를 바라보며 리테는 해맑게 웃었다. 반면에 단 한 번 입에 댔을 뿐인데도 맛이 가버린 단테는 넋이 나간 표정으로 시선이 흐릿하다.

"다요."

때마침 문을 벌컥 열고 들어온 사람은 이리스였다.

두 손으로 영차! 하며 양동이를 들고 왔는데 안에는 물이 가득 찼는지 종종 걸음으로 뛰는 것이 맞춰 물이 출렁출렁 흘렀다.

이리스는 양동이를 침대 근처에 내려놓고는 단테를 보며 히죽 웃었다.

"바꾼다요."

그렇게 말하며 한 손을 양동이에 집어넣는 이리스.

이윽고 번쩍 들어 올린 한 손에는 흠뻑 적은 수건이 있었다. 방금 전까지 물에 담가져 있던 수건은 허공에 들어 올려지자 바닥이 흥건할 정도로 줄줄 물이 흘렀다.

"……"

그 광경을 쳐다보는 단테의 눈초리가 험악하게 바뀌고,

"물수건이다요."

하지 마아아앗!

소리없는 비명을 지르는 단테를 무시하며 이리스는 에잇! 하며 이마에 물수건을 얹었다. 하지만 상체를 일으키고 있던 덕분에 물수건은 주루룩 흘러내려 이불 위에 툭 하고 떨어졌다.

"……"

줄줄 물이 흘러 이불을 흠뻑 적신 물수건을 말없이 내려다보는 단테.

"아하하."

무표정하게 화내는 단테의 시선에 민망한 표정으로 웃어 보인 리테는 물수건을 들어 양동이에 물을 짰다.

"확실히 짜지 않으면 안 돼요."

"손 아프다요."

리테의 충고에 이리스는 생글생글 웃으며 대꾸한다.

"그건 그렇네요."

이에 역시 웃으며 고개를 끄덕이는 리테.

화목한 풍경으로 즐겁게 웃는 이리스와 리테의 옆에는 잔뜩 젖어 축축한 이불을 끌어 앉고 무표정하게 창문을 쳐다보는 단테가 있었다. 때마침 리테가 다시 얹어준 물수건이 이불 위에 떨어졌다.

*　　　*　　　*

"웃차!"

힘차게 기지개를 펴며 앞장선 피아레를 따라 아리사가 그 뒤를 따른다.

"잘 주무셨나요?"

"응! 의외로 침대가 좋았어."

오프닝 행사가 있었던 다음날이자 메이드 축제의 이튿날이었다. 대회의 예선 통과자는 숙소가 제공되어서 아리사와 피아레는 별다른 지출 없이 하룻밤을 묵었다. 공짜인 셈인지라 형편없지 않을까 하고 걱정했지만 숙소는 깔끔하고 시설도 좋았다.

“하기는.”

생각해 보면 메이드와 집사의 축제이니 청소와 관리는 이만한 곳도 드물 것이다. 피아레는 아침에 문을 두드린 진행 관계자라는 사람으로부터 참가자는 어제 모였던 공터로 다시 모이라는 이야기를 듣고 그곳으로 향하던 참이었다.

“그런데 예선이 대체 뭐였어?”

“오호호호!”

피아레가 묻는 것과 동시에 들려오는 날카로운 웃음소리!

“…….”

질린 표정으로 돌아보는 시선의 저편에는 뺨에 손등을 얹은 벨로체가 서 있었다.

“바보 드릴.”

“벨로체네요! 벨로체!”

아! 하며 손가락을 세우는 피아레의 반응에 벨로체는 울컥하며 소리친다.

“정말이지!”

이윽고 표정을 가다듬으며 고개를 휙 하니 돌렸다.

“똑같은 거네요! 주인이나 메이드나.”

“아리사의 주인은 내가 아니라 오라버니라니까.”

손사래를 치는 피아레의 대꾸는 무시한 채 잘난 척 어깨를 세운 벨로체.

“꺄악!”

앞으로 걸어나오다가 채 말을 끝내기도 전에 발을 헛디뎌

발라당 바닥에 고꾸라진다. 화려하게 펄럭거리다가 가라앉는 스커트를 보며 미묘한 표정을 짓는 피아레에게 아리사는 어깨를 으쓱해 보였다.

"힐을 신어서 그래요."

그렇게 말하며 손가락으로 가리킨 것은 벨로체의 발끝이었는데 피아레의 말대로 엄청 높은 힐을 신고 있었다.

"왜 그런 힐을 신고 있어?"

눈앞에 앉아서는 지겨워하는 표정으로 묻는 말에 벨로체는 턱을 바로 세우며 잘난 척 말한다.

"궁상스러운 메이드와 똑같을 수는 없네요!"

알아들을 수 없는 말에 피아레는 고개를 갸웃.

"무슨 소리야?"

그렇게 물으며 돌린 시선은 아리사에게 향했다.

"…저와 키가 비슷하거든요, 발로차 양은."

"아아."

빙긋 미소 지으며 덧붙이는 피아레는 그렇구나, 하고 고개를 끄덕이지만 저편에는 엄청 열받은 표정의 벨로체.

"벨로체라니까앗!"

꺄아아! 하며 입에 불이라도 뿜을 기세로 벌떡 일어서려는 그 순간,

퍽!

가볍게 밟으며 다가오는 그림자가 셋 있었다.

그것은 이윽고 세 명의 인상 더러운 메이드가 되어서는 각

각 프라이팬과 식칼, 그리고 뒤집개로 포즈를 취하며 아리사의 정면에 선다.

"어떤 손님이든 두 번 오지 않는다! 지옥 요리사인 앤!"

"어떤 아이든 3초 만에 울고 나간다! 무서운 얼굴의 루시!"

"창문이든 접시든 손에 닿는 것은 모조리 깬다! 파괴의 여왕인 멜리나!"

"한번 들으면 알거든."

제각기 외치는 소리에 몹시도 질린 어조로 피아레는 손사래를 친다.

"지금 이 자리!"

"우리가 있는 한!"

"내년 대회의 우승은 장담할 수 없다!"

"…엥?"

무시하고 아리사의 팔짱을 붙잡고 지나가던 피아레는 의외로 말에 우뚝 자리에 선다.

"내년이라고?"

"…전원 예선 탈락입니다."

의아한 표정으로 묻는 피아레의 말에 셋은 기어들어 가는 목소리로 대답한다.

"그러면 내년에 다시."

힘없이 손을 흔들며 어깨를 늘어뜨린 채로 멀어지는 3인방을 보며 두 눈이 점이 된 피아레.

"…대체 예선이 뭐였던 거야?"

"외모 심사예요."

묻는 말에 아리사는 빙긋 웃으며 대답했다.

"……."

그 말에 말없이 고개를 돌린 피아레는 저 멀리 사라지는 3인
방을 보며 관자놀이를 꾸욱 누른다.

"내년에도 힘들겠네."

저도 모르게 중얼거리는 말에 말없이 웃기만 하는 아리사.

"이제 대회장으로 가볼까?"

"잠까안!"

Go! 하며 앞서 걷는 피아레의 말을 붙잡은 것은 바닥에 널
브러져 있던 벨로체였다. 처절한 표정으로 피아레의 다리를
두 팔로 꽈악 붙든 벨로체는 쌔액쌔액 하고 거친 숨을 몰아쉬
었다.

"……."

엄청 무시무시한 눈초리로 피아레를 노려보지만 두 눈은 퀭
하고 머리는 밟혀서 엉망진창인데다 세로 롤마저도 꾸깃꾸깃
하다.

"가자."

"제발 무시하지 마세요옷!"

피아레의 다리에 매달려 흐느껴 우는 벨로체.

"아는 사람도 없고 외롭다고요!"

"그, 그래?"

여기까지 솔직해지면 피아레도 더 이상 무시할 수가 없다.

"…무슨 말을 하고 싶은 거야?"

한숨을 내쉬며 내뱉는 말에 벨로체는 돌연 태도를 바꿔서 스스로 팔짱을 낀 채로 턱을 치켜세웠다.

"작년에는 운 좋게 당신이 우승을 했지만, 올해의 우승자는 이 몸, 벨로체네요! 궁상스러운 주인에 별 볼일 없는 메이드답게, …우히익!"

제멋대로 떠들던 벨로체가 입을 다문 것은 아리사가 그녀의 뺨을 움켜쥔 탓이었다. 무표정한 얼굴로 말없이 노려보는 아리사의 시선에 벨로체는 부들부들 떨면서 말했다.

"그러니까 부디 무시하지 말라는 거네요……."

결국은 기어가는 목소리로 점차 수그러드는 어조에 아리사는 한숨을 내쉬며 쥐었던 손을 놓았다.

"저에 대해서 이러쿵저러쿵 떠드는 것은 아무래도 좋지만, 주인님에 대한 이야기는 가만히 있지 않겠어요."

"흥! 이네요."

하지만 풀려나기가 무섭게 후닥닥 뒤로 물러선 벨로체는 혀를 내밀며 눈꺼풀을 뒤집어 보인 채로 뒤로 도망치기 시작했다.

"궁상스러운 주인에 별 볼일 없는 메이드네요!"

그렇게 소리치며 후닥닥 저편으로 달려가는 벨로체.

"꺄악!"

하지만 얼마 못 가서 다시 넘어진다.

"하아."

피아레는 노골적으로 한숨을 푸욱 내쉬고는 손가락을 길게 뻗어 넘어진 벨로체를 가리켰다.

"어스퀘이크."

콰르르릉!

"꺄아아악!"

동시에 벨로체를 중심으로 우르르 무너지는 땅바닥. 바다에 빠진 것처럼 벨로체는 어푸어푸! 하며 팔을 휘둘러 보았지만 늪처럼 변해 버린 대지는 그녀를 꿀꺽 삼키고는 아무 일 없었다는 듯이 다시 평지로 바뀌었다.

"…갈까나?"

"네."

어깨를 으쓱하는 피아레를 보며 아리사는 빙긋 웃으며 고개를 끄덕였다.

"엄청 기다리셨습니다앗!"

두 팔을 좌우로 휘저으며 무진장 오버하는 사람은 어제의 사회자.

"오오오오오!"

함성이 소용돌이친다.

커다란 공터에는 어제처럼 수많은 메이드와 집사가 모여 있다. 예선을 통과한 사람은 따로 앞으로 나와 있기는 해도 기본적으로 선을 그어서 구분한 것이 아니다. 관중과 참가자가 뒤섞여 있는 가운데 사회자는 한 팔을 번쩍 치켜 올렸다.

“드디어 시작되는 메이드 토너먼트!”

흑마술사 협회의 도움으로 자그마한 목소리도 대회장을 가득 채우는 형편인데 소리까지 질러대면 귀가 멍멍할 정도로 쩌렁쩌렁하게 울린다.

“그런데, 집사 토너먼트는 없는 거야?”

“재작년까지는 있었는데 작년부터 없어졌어요. 메이드와 집사 토너먼트는 동시에 열렸거든요. 그런데 관객이 메이드 쪽에 훨씬 많이 몰려서, 결국 재작년에는 참가자가 한 명밖에 없어서 그냥 흐지부지 사라지고 말았죠.”

“…과연.”

피아레는 고개를 끄덕였다.

예쁜 아가씨와 누추한 아저씨의 토너먼트가 동시에 열린다면 어느 쪽에 관객이 몰릴지는 뻔한 일이었다.

“엄격한 예심을 거쳐 시작된 본선! 참가자는 100여 명이 넘었지만 예선을 통과한 사람은 겨우 16명에 불과합니다! 본선의 진행 방식은 모두 세 가지! 메이드라면 당연히 갖춰야 할 기본 중에 기본! 메이드란 무엇인가? 청소를 하고 손님을 맞으며 준비한 요리를 내놓습니다! 그렇습니다! 본선은 청소와 접객, 그리고 요리입니다!”

“오오오오오!”

점점 분위기가 고조되어 끓어오르는 함성에 귀가 멍멍할 지경이었다. 사회자는 소리가 가라앉기를 기다렸다가 다시 목청을 높였다.

"청소와 접객, 그리고 요리를 놓고 최종 우승자를 뽑습니다! 오늘 오후에 청소와 접객의 심사가, 그리고 내일 요리 대회가 있을 예정입니다!"

"오오오오오오오!"

잠시 말을 끊고 손짓을 하는 사회자에 맞춰 관객들의 함성은 높아만 간다.

"과연 메이드와 집사! …엄청 분위기 맞춰주네."

질린 표정으로 중얼거리는 피아레.

"그러나 본선에 올랐고 최종 합계로 우승자를 뽑는다고 안심할 수는 없습니다! 오늘의 일정이 끝나면 다시 탈락자가 나올 것입니다! 처음에 16명이었던 것이 청소와 손님 접객이 끝나면 네 명이 되어 내일 있을 최종 결선인 요리로 맞붙게 되는 것입니다!"

"와아아아아아아앗!"

열이 들뜬 듯이 터져 오르는 함성에 귀가 멍멍하다.

"청소와 접객이 있을 예선은 저편에 보이는 건물입니다! 1층에 준비된 16개의 방에 예심을 통과한 본선 진출자 여러분의 번호가 적혀 있습니다. 그 방에 들어가서서 호각이 울리고 이윽고 다시 호각이 다시 울릴 때까지 청소를 하시면 됩니다! 그러면 각각의 방을 심사 의원 여러분이 손님이 되어 접대를 받아 채점을 하게 됩니다! 이때는 고용주의 입장도 허용됩니다! 청소가 끝나고 접대가 시작되면 심사의원의 채점 과정이 올해부터는 제다우디의 첨단 마도력의 결정인 동조 영상으로 여러분에게 공개됩니다!"

"오오오오오오오!"

그렇게 말하며 힘차게 정면의 가리킨 사회자의 눈앞에 거대한 화면이 허공에 떠올랐다. 흑마술을 이용해서 만들어진 거대한 화면은 정리가 안된 거실을 비추고 있었다.

"…동조 영상은 이런 데에 쓰려고 했던 거군요."

"써먹을 수 있다면 좋은 거지."

애매한 표정으로 웃는 아리사와 달리 만족한 듯 고개를 끄덕이는 피아레.

"시작합니다!"

Go! 사인을 외치는 사회자의 말이 떨어지기가 무섭게 사회자를 마주 보고 서 있던 본선 진출자들이 건물을 향해 뛰기 시작했다.

"그러면 우리도!"

"네, 아가씨."

피아레의 손을 붙잡고 아리사가 달리기 시작했다.

"오오오오오오오오!"

예선을 통과한 미모의 메이드 아가씨들이 뛰기 시작하자 열광하는 관객들의 함성으로 귀가 멍멍할 지경이었다.

"어디냐!"

"왼쪽이에요."

아리사는 건물로 들어가는 입구에 세워진 안내판에서 1번이 적힌 방을 찾아서는 제멋대로 앞서 달리는 피아레에게 방향을 알려주었다. 두 사람은 왼쪽 복도에서도 끝에 자리 잡은 문에 도착했다.

"여기가 1번!"

정문에 붙여진 번호표를 확인하고 쾅! 문을 박차고 피아레가 달려들었다. 데굴데굴 하고 구르는 액션까지 선보이며 기세 좋게 들어간 피아레.

"우에엑!"

하지만 온몸에 묻은 먼지로 울상을 하며 자리에서 일어섰다. 그곳은 거실의 모습을 하고 있는 방이었는데 카펫이 깔린 바닥은 청소가 하나도 되어 있지 않았는지 먼지가 엄청 쌓여 있었다.

"뭐야, 이거?"

"미리 준비한 거예요."

싫은 표정을 짓는 피아레에게 다가가 등을 털어주며 아리사가 말했다.

"…미리 가구를 배치하고 먼지가 쌓이게 놔둔 걸 거예요. 이걸 청소해서 손님을 맞을 준비를 하라는 거겠지요."

그렇게 말하며 시선을 돌려 방 안을 훑어보는 아리사.

고개를 돌려 시선을 쫓아보니 피아레의 눈에도 엄청 먼지가 쌓인 가구가 보였다. 일반적인 귀족의 거실처럼 장식장과 가구가, 그리고 중앙에는 소파와 놓여져 있었다. 바닥에 깔린 카펫은 손으로 만져 보자 만지자 두툴두툴한 느낌이 났다.

"손질이 까다로운 카펫이에요."

손을 뻗어 카펫을 문질러 보던 아리사가 말했다.

"까다로워?"

"특별한 취급이 필요한 수입품이거든요. …아마 이런 물건을 만져 본 메이드는 그렇게 많지 않을 거예요."

"헤에."

덧붙이는 설명에 피아레는 그런가 보다, 하고 가볍게 고개를 끄덕였다. 실제로 집안일이라고는 청소는커녕 밥짓기도 무리인 피아레가 카펫의 청소와 같은 복잡한 이야기를 알아들을 까닭이 없다.

"식소다나 소금을 뿌려서는 안 되니까, …청소 도구는 여기에 있네요."

"힘내, 아리사."

아는 것이 없는 피아레는 휙휙 손을 흔들며 아리사를 응원할 뿐이다.

"네."

한편에 준비된 마른 걸레를 챙기며 아리사는 빙긋 웃었다.

피아레의 예처럼 어차피 고용주가 참가한다고 해도 이쪽 계열로는 알 턱도 없다. 함께 도와줄 만큼 사이가 좋은 고용주가 있다면 그것은 또 그 나름대로 메이드의 재량이니, 그런 이유로 대회에서 주인의 참가를 허용하고 있는 것이다.

"오호호호호!"

익숙하지만, 엄청 싫은 웃음소리가 들린 것은 그때였다.

"…이건?"

대놓고 싫은 표정을 지으며 고개를 돌려 소리의 진원을 찾은 피아레.

"오호호! 고용주와 함께라니, 혼자서는 저를 이길 수 없다는 것을 인정한 것인가요?"

그것이 저편 방에서 들려온 것이라는 사실을 깨닫고 피아레는 찰싹 벽에 달라붙었다.

"바보 드릴!"

"벨로체네요, 벨로체!"

울컥하는 어조가 저편에서도 똑똑하게 들려온다.

"하필이면 옆방인가?"

투덜거리며 팔짱을 낀 채로 고개를 기울이는 피아레의 저편에는 천장의 먼지를 털기 시작한 아리사가 보인다.

"심사 순서를 생각하면 제 방을 지나서 궁상 메이드네요. 어머나? 생각만 해도 가엾어라! 그건 틀림없이 비교 당할 텐데, 1회전에서 자격 미달로 탈락해 버리면 어쩌지요? 이렇게 가슴이 아플 데가 또 있을까요?"

벨로체는 틀림없이 아리사와 피아레가 들으라고 큰 소리로 멋대로 떠들기 시작한다.

"벌써 탈락하시면 안되니까 저편의 어떤 궁상 메이드, 제발 힘내주세요!"

"……"

엄청 진지한 어조로 재잘거리는 목소리에 피아레는 질린 표정으로 아리사를 쳐다보았다. 천장을 다 털고 가구를 마른 수건으로 닦기 시작했던 아리사는 미묘한 표정의 피아레를 보며 그냥 가볍게 웃어 보였다.

"아아! 벽이 가로막고 있어도 보이네요, 보여! 얼치기 주인과 궁상 메이드가 바닥에 엎드려 울면서 카펫을 닦는 그 모습이!"

"호오."

이 정도로 또렷하게 들리는 것을 보면 벨로체는 청소는 하지도 않은 채 벽에 대고 소리를 치고 있는 것이 틀림없다.

"그렇네."

하지만 그 한마디에 어떤 생각이 떠오른 피아레.

"벽이 가로막고 있었구나아."

히죽 웃더니 훌쩍 떨어져서는 오른손을 들어 벽을 가리킨 채로 왼손으로 손목을 받쳤다. 동시에 그녀의 손바닥을 타고 희뿌연 빛이 떠오르기 시작했다.

"위저드리, 파이어 볼."

별안간 피아레의 정면에 허공에 떠오른 것은 시뻘겋게 타오르는 붉은 화염이었다. 그것은 피아레가 노려보는 대로 허공에 둥실둥실 떠올라 빙글빙글 회전하기 시작했다.

"…아가씨?"

느닷없이 떠오른 불길한 화염에 아리사는 가구를 닦던 손을 놓고 피아레를 불렀지만 그녀는 대꾸없이 마력을 개방한다.

"가랏!"

콰르릉!

목놓아 외치는 외침과 함께 가차없이 벽을 부수고 뻗어나간 파이어 볼!

"꺄아아악!"

방심한 표정으로 벽에 기대어 웃고 있던 벨로체가 화염 폭풍에 휘말려 저 멀리 날아갔다. 벨로체의 방을 날름 삼킨 거대한 불꽃은 뻥 뚫린 벽을 통해 다시 아리사의 방까지 넘봤지만, 때맞춰 피아레는 기술을 해제해서 한순간 더운 바람이 휘몰아친 것 빼고는 무사했다.

"이게 무슨 짓입니까!"

커다란 구멍이 난 벽을 타고 데굴데굴 굴러들어 온 벨로체가 고함을 질렀다.

"어머나."

성난 벨로체에게서 시선을 돌리며 히죽 웃는 피아레.

"벽이 가로막고 있다고 해서, 잘 보이라고 가로막고 있는 벽을 부수어준 거야."

"뭐라고요옷!"

환하게 웃으며 받아치는 말에 벨로체의 표정이 울컥하고 바뀐다.

"그러니까 친절한 마음?"

"웃기시네!"

살랑살랑 손사래를 치며 가볍게 피아레를 보며 벨로체는 금세라도 폭발할 듯한 표정을 지었다가, 뒷골에 손을 얹고는 거친 숨을 몰아쉬며 고개를 숙였다.

"…과연 그 메이드에 그 주인."

이윽고 간신히 숨을 고른 벨로체.

"그런 친절한 마음에는 보답을 하고 싶네요."

그렇게 말하며 벨로체는 우아한 표정으로 턱을 들어 올리고는 피아레를 지나쳐 아리사를 향했다.

"아리사 양."

벨로체는 우아한 걸음으로 마른 걸레를 들고 가구 앞에 있던 아리사의 바로 앞에 멈춰 섰다.

"힘내세요."

그렇게 말하며 쌩끗 웃으며 악수를 청하는 벨로체.

"어머나."

예상치 못한 행동에 아리사는 깜짝 놀란 표정으로 들고 있던 걸레를 왼손으로 움켜쥐고 등 뒤로 빼고는 에이프런에 오른손을 쓱쓱 닦았다.

"…발로차 양, 힘내세요."

빠직!

환하게 웃으며 미소를 짓는 아리사를 바라보는 벨로체의 표정이 꿈틀한다.

"우후후."

깨끗하게 닦은 손을 내미는 아리사를 살짝 피한 벨로체는 넘어질 듯이 그녀를 지나 가구를 향해 냅다 달렸다.

"어라라?"

발을 높이 들어 힐로 가구의 정면에 킥을 날리는 벨로체.

빠각!

명품의 자태가 느껴지는 은은한 갈색에 명장의 손길이 스친 듯 유려한 세공이 어우러진 멋진 가구의 한 중앙을 와득! 부수며 벨로체의 힐이 박혔다.

“…….”

눈을 동그랗게 뜬 아리사의 앞에 들고 있던 마른 걸레가 바닥에 툭 하고 떨어졌다.

“너 임마!”

엄청 열받은 표정의 피아레가 후다닥 달려와 멱살을 움켜쥐자 벨로체는 항복이라도 하는 것처럼 두 손을 살짝 위로 들어 올렸다.

“이, 무슨 야만적인 행동인가요, 그쪽의 주인님? 이건 누가 봐도 응원을 하려고 했는데 실수로 가구에 살짝 흠집이 난 거에 불과하네요.”

벨로체는 뻔뻔한 웃음을 지으며 시선을 피한다.

“…호오.”

그 반응에 피아레는 말없이 그녀를 빤히 쳐다보더니 이윽고 히죽 웃었다.

“실수였어?”

엄청 살벌하게 웃는 피아레의 반응에 뭔가 안 좋은 예감을 받은 벨로체.

“무, 물론이네요!”

허세를 잔뜩 부르며 떠드는 말에 아리사는 움켜쥔 멱살을

놓더니 이윽고 시선을 돌려 환히 보이는 벨로체의 방으로 시
선을 돌렸다.

"바보 드릴."

"…네?"

흉악한 어조로 저도 모르게 대꾸한 벨로체.

"선의에서 비롯된 자그마한 실수는 누구나 용서를 하게 되
는 것 같아."

칼날이 서린 어조로 피아레가 말한다.

"나, 피아레. 정의는 반드시 지켜져야 한다고 생각해."

"어라?"

"그렇다면 친절에는 보답을 하는 것이 정의!"

"자, 잠까안!"

피아레는 그렇게 외치며 검지를 한껏 치켜세우고 허공을 가
리켰다.

"도와줄게, 바보 드릴!"

힘차게 외치며 다다다! 저편의 벨로체의 방으로 달려간다.

"무슨 짓을 하려는 거야앗!"

그 뒤를 허겁지겁 쫓아서 달리는 벨로체.

하지만 달리기 시작한 시점에서 소리 죽여 주문 구성에 들
어간 피아레는 오른손을 펼쳐 들어 저편에 보이는 가구를 향
했다.

"아차! 손이 미끄러져서엇!"

누가 들어도 노골적인 소리를 외치며 피아레의 손바닥이 황

금빛으로 출렁거린다.

"그만둬어어엇!"

허무하게 흩어지는 고함.

콰르르릉!

새하얀 빛이 피아레의 손바닥에서 쏘아져 가구를 감싸안고 그대로 폭발했다. 순식간에 쓰레기 더미로 변한 가구가 허공에서 흩어지며 천장에서 나무 부스러기가 섞인 먼지 바람이 불었다.

"…하, 하. 하!"

깨끗하게 부서진 가구를 바라보며 넋이 나간 표정으로 털썩 주저앉은 벨로체.

"우후후."

맛이 간 벨로체를 내려다보며 피아레는 생긋 웃었다.

"…자, 잘도."

이윽고 벨로체는 험악한 눈초리로 피아레를 노려본다.

"잘도 하셨네요!"

비틀비틀 휘청거리던 벨로체는 간신히 자리에서 일어났다.

"어머나, 미안해라."

하지만 피아레는 가벼운 어조로 대꾸한다.

"실수였어."

"…아하하."

맥없이 웃더니 이윽고 표정을 바꾸고,

"그렇게 나오시나요?"

"무슨 말씀을 하는 건지 모르겠네."

찌릿 노려보는 말에 피아레는 휘파람을 불며 딴청을 부린다.

"아하하."

"우후후."

험악하게 서로를 노려보는 두 사람.

"아가씨."

아리사는 둘을 바라보며 한숨을 내쉬었다.

"…그러면 다를 게 없는 거예요."

"그런가?"

아리사의 말에 피아레는 멋쩍게 웃으며 뒤로 돌아서고,

"그래요!"

때를 맞춘 듯이 벨로체의 목소리가 낭랑하게 울려 퍼진다.

"지금은 대회임을 잊어서는 안 되겠네요."

그렇게 말하며 벨로체는 검지를 힘차게 들어 올리며,

"페어플레이를 원하는 거네요!"

"그런 거라면 얼마든지."

외치는 말을 맞받아 피아레는 힘차게 파이팅 포즈를 취한다.

"바로 그거예요."

빙긋 웃으며 돌아선 아리사.

"정정당당한 승부를 임하는 거네요!"

멋지게 외치며 빙글 돌아서서 자신의 방을 쳐다본 벨로체는 피아레가 시선을 돌리자마자 다시 빙글 돌아서더니 그녀를 향해 뛰기 시작했다.

"아앗! 발이 미끄러져서 그만, 토네이도 킥!"

피아레의 머리를 노려 번쩍 뛰어오른 벨로체.

"훗!"

하지만 고개를 돌렸을 때부터 그녀의 공격을 예상한 피아레는 재빨리 몸을 옆으로 뺐다.

"어머나?"

성대한 소음과 함께 벨로체의 발 차기는 아리사가 향하던 장식장의 유리에 꽂히고,

와장창!

힐에 꽂힌 유리창은 잠시도 견디지 못하고 산산조각이 되어 사방으로 흩어진다.

"……"

가을의 낙엽마냥 우수수 무너져 내리는 유리파편의 정면에는 세척 액을 움켜쥔 채로 몸이 굳어버린 아리사가 있다.

"그 정도는 예상하고 있었지!"

힘차게 두 주먹을 불끈 내밀며 자신만만한 어조로 소리친 피아레는 돌연 방향을 바꾸고 벨로체가 담당한 방을 향해 달리기 시작했다.

"순수한 우정으로 드릴을 도와줄게!"

멋지게 외치며 바닥에 슬라이딩하듯 미끄러지며 내민 피아레의 발이 목표로 하는 것은 중앙에 자리 잡은 소파!

“히이익!”

퍼억!

안 돼애앳! 하며 벨로체 또한 슬라이딩으로 막아서지만 이미 늦었다. 한발 앞서 피아레의 킥은 그대로 소파의 옆구리를 뚫고 커다란 구멍을 만들어냈다.

“우후후.”

너덜너덜해진 소파를 쳐다보며 비틀비틀 휘청거리며 맛간 웃음을 흘리는 벨로체.

“아하하.”

퀭한 눈으로 저편의 장식장을 바라보며 빠득! 하고 이를 가는 피아레.

“…잘도 하셨네요.”

“그쪽이야말로.”

지옥에서 올라오는 듯한 무시무시한 목소리로 서로를 마주 보며 으르렁거린다. 번쩍하고 두 눈에 불꽃이 튀긴 피아레와 벨로체. 서로를 마주 보던 시선을 힐끗 돌려 등 뒤에 목표를 향했다.

“어머나? 이런 데에 먼지가앗!”

“커튼이 비뚤어져 있네요옷!”

외치며 동시에 달리기 시작한다!

“아가씨! 그리고 발로차 양!”

하지만 어느 틈에 달려온 아리사.

퍼억!

뛰기 시작한 둘의 목덜미를 재빨리 낚아챘다.

"꺄아악!"

아리사에게 붙잡힌 탓에 달리던 가속을 이기지 못하고 둥실 떠오른 피아레와 벨로체는 허공에서 바둥바둥 춤을 춘 끝에 이윽고 바닥에 볼품없이 자빠졌다.

"허, 허리가……."

"…아파, 아리사."

원망스러운 눈초리로 아리사를 쳐다보는 두 사람.

"…정말이지."

어깨를 축 늘어뜨린 아리사는 둘을 보며 한숨을 내쉬었다.

"둘 다 어른이잖아요. 그런 폭력으로는 아무것도 얻을 수 없어요."

"……."

"자아! 악수하고 화해하세요."

상냥하게 웃으며 둘의 손을 붙잡아 이어줬다.

"쳇!"

쌩하니 고개를 돌리며 동시에 혀를 차는 피아레와 벨로체.

"…저, 화낼 거예요."

두두두! 하고 무서운 효과음과 함께 아리사의 등 뒤로 시커먼 아우라가 펼쳐 오른다.

"히이익!"

"화해할게엣!"

동시에 둘은 겁에 질려 서로의 손을 움켜쥐고 벌벌 떨며 외

친다. 서로의 손을 붙잡고 기계처럼 위아래로 흔드는 피아레
와 벨로체를 보며 아리사는 미소를 지었다.

"모처럼 쉬는 날이잖아요, 재미있게 보내야지요."

그렇게 말하며 자리에서 일어선 아리사.

"발로차 양도 힘내세요."

등 뒤로 손을 흔들며 엉망진창이 된 장식장을 향해 걸었다.

"할 수 없지."

싫은 표정을 짓기는 해도 피아레는 아리사를 도울 생각으로
손을 털고 일어섰다. 그러자 벨로체는 피아레를 검지로 가리
키며,

"슬립!"

별안간 주문을 풀어냈다!

"앗!"

어찌할 틈도 없이 고스란히 주문을 당한 피아레.

온몸을 짓누르는 무거운 무력감에 비틀거리며 주저앉았다.

"어떻게……."

"우리 주인에게 배운 거네요. 쓸 만하죠?"

"……."

음흉한 미소를 짓는 벨로체와 말없이 노려보는 피아레.

"얌전히 주무시고 있는 거네요. 눈을 뜨면 아마 모든 게 끝
나 있을 테니까."

"…놔둘 것 같아?"

콧노래를 부르며 돌아서는 벨로체의 스커트 자락을 붙잡은

피아레.

"흐응."

벨로체는 재미없다는 표정을 지었다.

"하지만 무슨 수가 있죠? 졸려 미칠 지경이지 않나요?"

잘난 척하며 거들먹거리는 벨로체의 말에 처절한 웃음을 지은 피아레.

"어라?"

뭔가 심상치 않은 것을 느낀 벨로체가 자리에 일어서는 것과 맞춰 피아레는 오른손을 바닥에 댔다. 동시에 그녀의 손바닥을 타고 출렁거리며 새하얀 빛이 뿜어져 나왔다!

"…어스퀘이크."

나직한 어조로 외친 성스러운 말에 힘입어 대지가 출렁거린다.

"히이이익!"

벨로체의 낯빛이 시커멓게 변한다.

"하, 하지 마요오오오!"

두 뺨에 손을 얹은 채로 뭉크의 절규가 되는 벨로체.

"무슨 헛소리를……."

"폭약을 숨겨났다고요오오옷!"

어처구니없어하는 반응에 벨로체는 울음을 터뜨리며 소리를 질렀다.

"……."

말없이 삐질삐질 땀을 흘리는 피아레.

이윽고 시작된 엄청난 지진에 대지가 요동을 쳤다.

우르르르!

그리고,

"꺄아아악!"

콰르르르릉!

엄청난 폭발이 건물을 한순간에 집어삼켰다.

"살려줘어어!"

"누가 조오옴!"

별안간 무너진 건물에 깔려 비명을 지르는 사람들.

"……."

대회에 참가했을 뿐인데 어째서 이런 꼴을 당해야 하는 걸까? 영문을 모르는 아가씨들은 잔해에 깔린 채로 말없이 눈물을 쏟는다.

"히이이이잉!"

폐허 더미 위에서 펑펑 눈물을 흘리는 벨로체.

"뭘 잘했다고 울어!"

울컥 치밀어 오른 피아레가 그녀의 뒤통수를 후려친다.

"왜 때려요!"

"폭약을 대체 왜 가져 온 거야!"

발끈하는 피아레에게서 시선을 돌리며,

"그거야 물론 끝장을……."

퍼억!

“꺄아악!”

말끝을 흐리는 벨로체를 쥐어박는 피아레.

“…정말이지.”

조금 떨어진 곳에서 폐허더미 위에 앉은 채로 한숨을 내쉰 사람은 아리사였다. 재빨리 피아레가 방어막을 펴준 덕분에 무사하게 피할 수 있었던 것이다.

“세상이 용서해도 내 정의가 용서 못해! 네 녀석의 모든 악행은 만천하에 명백하게 밝혀졌으니, 이제 풀빵이 되도록 패 줄 테다!”

“히이이익!”

자신이 한 짓은 잊어버린 걸까?

멱살을 움켜쥐고 무시무시한 표정으로 외치는 말에 완전히 얼어붙은 벨로체가 비명을 지르는 그때!

“잠깐.”

느닷없는 목소리는 등 뒤에서 들려왔다.

“누구?”

몹시도 귀찮아하며 고개를 돌린 피아레의 앞에는 시커먼 그림자가 드리어져 있었다. 힐끗 시선을 드니 그림자는 이윽고 젊은 여자로 바뀌었는데, 그녀는 몹시도 낯이 익은 얼굴이었다.

“스칼렛?”

“응!”

그림자를 짙게 드리우고 등장한 사람은 단테의 마르카토 학

원 잠입 때 알게 된 스칼렛이었다. 스칼렛의 등 뒤에는 시커먼
정장을 차려입은 남자들이 저마다 가방을 손에 든 채로 기립
해 있었다.

"…스칼렛니임."

스칼렛과 눈이 마주치자 벨로체는 말을 더듬었다.

"벨로체."

울먹이는 벨로체를 보며 씽긋 웃는 스칼렛.

"괜찮아, 괜찮아."

머리를 쓰다듬고는 벌떡 자리에서 일어서서 두 팔을 힘껏
펼쳤다.

"메이드의 실수는 주인의 책임! 그러므로 대신 사과하죠."

검지를 세우며 힘차게 외치는 스칼렛의 말에 구조 작업에
한창 열을 올리던 사람들의 동작이 딱하고 멈춘다.

"이런 일이 생겨서 유감입니다!"

울컥!

"이게 그렇게 끝날 일입니까아아앗!"

꾸벅하고 가볍게 사과를 하는 스칼렛을 보며 고함을 지른
사람은 너덜너덜한 모습의 사회자였다.

"그런가요?"

"당연하죠!"

감짝 놀라 묻는 스칼렛의 반응에 어이없어하며 언성을 높이
는 사회자.

"뭐, 일단! 이쪽도 성심 성의껏 사과를 준비했어요."

“무슨 소리를…….”

기가 막혀하는 사회자를 보며 스칼렛은 씽긋 윙크를 날렸다.

“세바스찬.”

스칼렛이 짝! 하고 손뼉을 마주치자 등 뒤에서 대기 중이던 사람 중에서 콧수염을 멋지게 기른 중년의 남자가 공손한 자세로 앞서 나왔다.

“이쪽의 성의를 보여줘!”

“알겠습니다.”

세바스찬이라고 불린 남자는 말이 끝나기가 고개를 돌려 등 뒤에 다른 남자들에게 눈짓을 줬다. 그러자 모두는 들고 있던 가방을 정면으로 돌리더니 그 안에서 샛노란 무언가를 꺼내 들었다.

“저희의 성의입니다!”

힘차게 외치며 들고 있던 것을 허공에 뿌리기 시작한 정장의 사내들. 그것은 허공에 높이 던져졌다가 쨍그랑! 하며 명쾌한 소리를 내고 바닥에 떼구르르 굴렀다.

피아레는 그것을 집어 들었다.

“…금화?”

피아레의 말대로 남자들이 뿌리기 시작한 것은 금화였다. 저마다 하나의 가방에 가득가득 채워서 가져온 것을 생각하면 그 금액은 건물을 짓고 다친 사람을 보상하고도 몇 배는 남을 액수였다.

"이런 짓을 저지르고도 돈으로 해결할 수 있을 것 같아!"

"크으윽!"

그것이 금화임을 확인한 피아레는 길길이 날뛴 것과 동시에 별안간 사회자가 시뻘건 눈을 한 채로 신음했다. 그는 깊게 한숨을 내쉬며 천천히 고개를 좌우로 저었다.

"어쩔 수 없는 천재(天災)로 건물이 무너졌습니다만, 대회는 계속되어야 합니다! 그렇게 생각하지 않습니까, 여러분!"

"오오오오오!"

호주머니가 빵빵하게 금화를 긁어모은 사회자의 피를 토하는 외침에 역시나 금화를 잔뜩 껴안고 열광하는 메이드와 집사 여러분.

받은 금화는 돌려주기 싫다는 마음이 가득 담겨 있다.

"오호호호!"

기다렸다는 듯이 뺨에 손등을 얹고 웃기 시작한 벨로체.

"자아, 봤어? 이런 게 세상이라는 거야!"

하이텐션으로 엄청 거들먹거린다.

"뭐, 여기까지는 일단 무승부로 해주었어요! 하지만 봐주는 것은 여기까지네요! 내일은 울면서 집으로 돌아가야 할 테니 오늘은 축제 구경이나 실컷 하세요!"

멋대로 선언을 하고는 스칼렛과 함께 쏜살같이 도망치기 시작했다. 앗! 하며 피아레는 뒤를 쫓으려고 했지만 금화를 줍느라 정신이 없는 사람들에 채여서 도저히 따라잡을 수가 없었다.

"괜찮으세요, 아가씨?"

털썩 쓰러져 바들바들 몸을 떠는 피아레를 달래는 아리사.

"…요, 용서 못해."

피아레는 주먹을 불끈 쥐며 소리를 질렀다.

"내일은 반드시 끝장을 내주겠어어엇!"

서서히 지는 황혼 무렵에 내일은 반드시 서글픈 꼴로 만들어주겠다고 굳은 다짐을 하는 피아레였다.

*　　　*　　　*

"아파."

단테는 중얼거렸다.

하지만 힘없이 떠들어도 받아줄 사람은 없다. 아침 일찍부터 이리스와 리테가 사라진 것이다. 칠칠치 못하기로 따지면 피아레보다 더한 리테와 이리스지만 둘이 함께 나갔으니 그래도 집으로는 돌아오겠지, 따위의 생각을 떠올린 단테.

'어째서 아픈 내가 그런 것까지 걱정해야 하는 거야!'

그런 생각에 미치자 더없이 우울해지는 단테였다.

'마술이나 성력을 이용해서 치료를 해볼까?'

그런 생각을 잠깐 안 해본 것도 아닌 단테였지만, 그런 것은 정신력을 갉아먹는다. 아파서 허약해진 몸으로는 제대로 치료할 수가 없을 터였다.

기침을 하면 목이 따갑고, 그러면 잠이라도 청할까 하고 눈을 감으면 세상이 춤을 추는 것처럼 어질어질하다. 너무 아프면 잠이 오지 않는다고 하던가? 어젯밤도 한숨도 제대로 못 자고 거의 뜬눈으로 밤을 샌 뒤였다.

피곤에 지쳐 온몸은 납덩이보다 무거웠지만 지친 눈은 감기지도 않고, 감아봤자 어지러워서 헛구역질만 나올 뿐이었다. 이럴 때는 그저 멍하니 생각을 비우고 가만히 천장을 쳐다볼 수밖에 없는 일이었다. 혹시라도 기침이 나오면 눈물이 핑 돌만큼 목이 아파서 내뱉는 숨도 조심하는 단테였다.

콸콸콸!

누가 들어도 뻔한 소리가 들린 것은 그때였다. 아니, 그것은 이미 한참 전부터 진행된 소리인지도 모른다. 다만 한참 전부터 맛이 간 상태라서 귓가에 스며든 소리도 인식을 못했던 것이다.

“물소리가?”

메말라 갈라진 입술로 저도 모르게 중얼거렸더니 결국 터졌는지 입가가 따끔따끔하다.

‘…쓰라려라.’

훌쩍거리며 단테는 어기적어기적 기어서 침대의 가장자리까지 허우적거린다. 간신히 도착한 끝에 단테는 한 손을 침대 아래로 내리고,

첨벙!

손끝에 와 닿는 차가운 느낌은 말할 것도 없이 물이다. 뒷골이 당기는 끔찍한 예감에 단테는 할 수 없이 고개를 빼서 침대

아래를 내려다보았다.

"……."

예상대로 바닥은 물난리.

넋이 나간 표정으로 빤히 아래를 쳐다보는 단테의 입가에 경련이 일어난다.

"이 자식, …크윽!"

저도 모르게 소리를 지를 뻔하다가 목구멍부터 올라오는 끔찍한 고통에 바들바들 떨며 털썩 쓰러지는 단테.

"……."

간신히 정신을 차린 단테는 물이 흥건한 바닥을 멍하니 쳐다보았다. 한번 물에 잠긴 집이란 아무리 깨끗하게 닦고 청소해도 원상복구가 되지는 않는 것이다. 더구나 목재를 이용해서 깐 바닥은 물이 스며들면 망가져 돈이 든다.

'대체 얼마나 돈이 들어갈까?

툭!

생각하니 별안간 눈물이 났다. 뺨을 타고 눈물이 바닥에 원을 그린다. 내색하지 않았지만, 단테는 제다우디에 집을 살 때는 사실 기뻤다. 시시한 집이었지만, 정말로 시시한 집이었지만, 집값이 틀림없이 오를 것이라고 생각했다.

'얼마나 오를까?

도시 계획이 잡혀 있는 일대.

큰길로부터 얼마 떨어지지 않은 거리.

이런 생각을 떠올리며 남몰래 단테는 즐거워했었다. 하지만 잠깐 아파서 쓰러진 오늘. 정신을 차려보니 집은 물에 잠겨 버리고 말았다.

단테는 딱히 돈이 아쉬운 것은 아니었다. 반드시 재테크가 중요한 것은 아니라고 생각한다. 하지만 잠겨 버린 집을 수리하는 일에는 돈이 든다.

"…우후후."

그렇게 생각하니 저절로 이가 갈리는 단테였다.

하지만 맛간 표정으로 웃고 있어도 잠긴 물이 빠져 주는 것은 아니다. 더구나 유심히 쳐다보고 있자니 엄청 느리긴 해도 점차 수위가 올라오고 있었다.

그 말은 즉, 어딘가 물이 새고 있다는 것이다.

부엌?

세면대?

물이 나오는 곳은 두 군데였지만, 그중에 어느 곳인지는 여기서는 알 수 없는 일이다. 더구나 아픈 몸으로 찾아서 수도꼭지를 잠글 생각을 하니 눈앞이 아득해지는 단테였다.

'어디를 먼저 갈까?

확률은 반반이었다. 거리 상으로는 세면대가 거실을 지나야 하는 부엌보다는 가깝다. 하지만 정답이 부엌이었다면? 세면대를 거쳐 부엌으로 가는 것은 바로 직행하는 것과 비교하면 돌아가는 거리다.

"에잇!"

일단은 세면대에 걸어보자!

그렇게 결심한 단테는 침대에 버둥버둥 비빈 끝에 간신히 두 다리를 내렸다. 발끝을 타고 바닥을 적신 물의 차가운 한기가 스며들었다. 하지만 그것은 발등을 살짝 닿을 정도로, 다행히 발목까지 올라오는 높이는 아니었다.

"…하아."

침대를 짚으며 단테는 상체를 일으켰다.

간신히 일어난 몸은 휘청거리며 금세라도 쓰러질 것만 같지만, 더 이상 들어가는 수리비가 아까운 단테는 굳은 결심으로 입술을 질끈 깨물었다.

첨벙!

"…하아."

한 걸음을 옮기고 한번의 한숨.

비틀거리며 간신히 걸음을 뗀다.

그리고 다시 힘겹게 다음 걸음을 내딛는다.

들뜬 열로 정신은 오락가락해서 눈앞의 광경이 제대로 보이지 않는다. 그럼에도 불구하고 간신히 버티는 것은 오로지 정신력.

즉, 수리비를 아끼고 싶은 애틋한 마음이다.

"…하아."

내뱉고 걷고, 다시 내딛기를 얼마나 했을까?

뿌연 시선의 저편에는 세면대의 문이 보였다. 단테는 부들거리는 손을 뻗어 문을 열고,

"……."

그리고 말없이 바닥에 주저앉고 말았다.

세면대에의 수도꼭지는 제대로 잠겨져 있었던 것이다!

이제 다시 일어나 부엌을 찾아 걷지 않으면 안 된다. 하지만 여기까지 간신히 버틴 정신이, 더 이상은 안 돼! 하고 적신호를 보내고 있었다. 더 이상 걸을 힘이 없었다.

"……."

하지만 아낄 수 있는 것은 아끼지 않으면 안 된다!

단테의 어딘가에서 힘찬 격려가 울려 퍼졌다. 그러자 비로소 망가진 것만 같았던 다리에 힘이 들어갔다. 단테는 비틀거리면서도 다시 벽을 잡고 일어섰다. 그리고 몸을 돌려 걷기 시작했다.

한 걸음!

그리고 다시 한 걸음!

말을 듣지 않는 몸을 재촉해서, 희미해지는 의식의 끈을 단단히 붙잡고 걸었다. 흐릿한 시선은 이제는 더 이상 보이지 않는다. 그저 기억에 의지해서, 지금껏 살아온 그 감각에 의지해서 발을 뻗을 나름이었다.

털썩!

하지만 힘없이 무릎이 굽혀졌다. 그리고 다음 순간 단테는 볼품없이 앞으로 고꾸라져 바닥에 머리를 처박으며 자빠지고 말았다. 이제 부엌까지 얼마 남지 않았다고 생각했는데, 그런데 더 이상, 진짜 더 이상은 몸이 말을 듣지 않았다.

"……."

희미해진 의식의 저편으로 단테의 얼굴이 물에 잠긴다.

뽀글뽀글 하고 거품이 올라왔다.

단테는 생각한다.

아니, 생각하는 것을 그만두었다.

"저어, 단테님?"

익숙한 목소리가 들렸다.

그리고 이마를 짚는 손길이 있었다. 힘들게 눈을 떠보니 눈앞에는 한 팔로 자신을 껴안은 리테가 걱정스러운 표정으로 단테의 이마를 짚고 있었다.

"…언제부터?"

메마른 목소리로 단테를 보며 리테는 빙긋 웃으며,

"단테님이 침대에서 걸어나올 때부터 쭈욱 지켜봤어요. 뭔가 진지한 표정이라서 힘내라고 응원을, …아아아앗! 단테니이임?"

가볍게 던지는 리테의 직구에 정통으로 두들겨 맞고 단테는 소리없이 울기 시작한다. 아까부터 이상한 귀 울림이 있었다고 생각했더니 그게 리테의 목소리였던 것이다.

단테는 힘없이 손을 들어 부엌의 수도꼭지를 가리켰다.

"…저거."

"에? 아아!"

그제야 깨달았던지 리테는 단테를 안은 채로 서둘러 수도꼭지를 잠근다.

"이거 때문에 나오셨던 건가요오오?"

“…….”

눈을 동그랗게 뜨고 묻는 말에 단테는 말없이 고개를 끄덕였다.

“아이참! 말을 하시지 그랬어요? 저, 거실에 있었는데.”

명랑한 어조로 덧붙이는 말에 단테의 표정은 더할 나위 없이 험악하게 구겨진다. 하지만 아픈 몸은 이미 한계여서 그저 말없이 고개를 떨굴 수밖에 없는 단테였다.

“이제 침대로 돌아가는 거예요.”

밝은 목소리로 그렇게 말하며 리테는 방으로 돌아가 다시 침대에 단테를 눕혔다. 그리고는 이불을 목까지 끌어 올려 덮어주고는 의자를 끌어 당겨 침대의 바로 옆에 앉았다.

“저어, 단테님.”

단테를 바라보며 머뭇머뭇 그의 이름을 부르는 리테.

“…….”

퀭한 눈으로 돌아보는 단테를 보며 리테는 에헤헤, 하고 부끄러운 표정으로 웃는다.

“이리스는 지금 장보러 갔거든요. 그러니까 지금 여기는 나와 단테님, 단둘인 거예요.”

머뭇거리며 덧붙이는 말에 단테의 가슴이 철렁 내려앉았다. 그런 단테의 심정을 아는지 모르는지, 리테는 몸을 기울여 기댔다.

“저, 이런 거. 엄청 해보고 싶었어요오오.”

그렇게 말하며 리테는 뺨을 붉힌 채로 단테의 가슴에 대고 손가락을 꼼지락거린다.

"……."

비명을 지르고 싶어도 목구멍을 타고 소리가 나오지 않는다. 더구나 아픈 몸을 이끌고 물속을 걸은 덕분에 체온은 떨어지고 의식은 몽롱하다.

"하아암."

입을 가린 채로 자그마한 하품을 하는 리테. 이윽고 기지개를 하고 단테의 가슴에 상체를 기댄 채로 엎드려 눈을 감아버렸다.

아득한 시선은 눈에 잡히는 것도 없는데, 물에 잠긴 듯 멍멍한 귓가에는 리테의 고른 숨소리가 들려온다. 그러자 별안간 단테는 리테의 몸이 얼음장처럼 차갑게 느껴진다는 느낌이 들었다.

"……."

아니, 단순히 느낌이 아니었다.

실제로 리테의 몸이 식어가고 있었다.

"음냐."

잠결에 뒤척이는 리테의 모습을 보고 단테는 비로소 깨달았다. 그것은 발등까지는 잠겨 있는 물에 리테의 체온이 떨어지는 것이었다. 그러나 그것 자체는 별문제가 아닌 게, 그렇게 보여도 일단 리테는 드래곤이었다. 애초에 저온 파충류니까 체온이 조금 떨어진다고 죽을 까닭은 없다.

하지만 문제는 그런 리테가 단테를 안은 채로 잠들어 있다는 사실이었다. 덕분에 단테의 체온까지도 점차 아래로, 아래로 떨어지기 시작한 것이다. 이대로 리테에게 계속 체온을 빼앗긴다면 단테가 저체온증으로 사망할 것은 두말할 것도 없이 틀림없었다.

"……."

단테는 있는 힘껏 소리쳐 봤지만 잠긴 목소리는 공허한 외침으로 흩어질 뿐이었고 기분 좋은 표정으로 잠든 리테는 꼼짝도 하지 않았다.

'…망할.'

단테의 의식은 점차 나락으로 떨어졌다.

*　　　*　　　*

"집사, 그리고 메이드 여러부부부운!"

힘차게 외치며 멋지게 왼팔을 펼친 것은 사회자였다. 마주 보고 펼친 오른손에는 대본이 준비되어 있다. 사회자는 지휘자라도 된 양 힘껏 펼쳐 올린 왼팔을 우아한 몸짓으로 허공에 휘두르기 시작했다.

"오래 기다렸습니다! 드디어 대망의 결승! 요리 대결입니다 아앗!"

"오오오오오오!"

사회자의 외침에 부응하여 여기저기 함성이 끓어오른다.

축제의 마지막 날, 요리 대회가 준비된 것은 늦은 오후이다.

대회가 끝나고 수상식이 전해지면 다함께 모여서 춤을 추는 것으로 축제는 마무리 짓는다. 그것은 다시 말해서, 요리 대회야말로 축제의 꽃이라는 의미이지만, 어제 벌어졌던 본선이 끝나고 남은 메이드는 아리사와 벨로체뿐.

나머지는 큰 부상이 없더라도 전원 기원을 선언해 버린 것이다. 해서 준비된 결승은 처음 오프닝 행사가 있었던 공터에서 관객에 둘러싸인 채 펼쳐지게 되었다.

"그러면 마지막 행사에 앞서, 어제부터 축제의 스폰서가 되신 스칼렛님의 축사가 있겠습니다아앗!"

"오오오오오오!"

달아오르는 분위기에 어울리지 못하고 피아레는 미묘한 표정으로 단상에 올라선 스칼렛을 쳐다보았다. 스칼렛은 등 뒤에서 기립해 있는 집사들이 뿌리는 꽃가루를 받으며 와하하! 하며 큰 소리로 웃었다.

"맛있어 보이는, …아니! 성실해 보이는 메이드 여러분!"

"……."

저도 모르게 진심이 나와 버린 스칼렛의 대사에 썰렁해지는 분위기.

"아하하!"

전혀 굴하지 않고 남자처럼 큰 소리로 웃으며 스칼렛은 단상을 탕탕! 친다.

"탐스러운 엉덩이는 풍요로운 가을의 상징! 귀여운 가슴은 따스한 봄의 전령! 하지만 지금은 겨울! 냉정하지만 어딘지 부끄러워하는 미인 메이드가… 우히힉!"

퍼억!

멋대로 떠들다가 뒤통수를 맞는 스칼렛이었다.

"……."

스칼렛은 진행을 담당하는 메이드 아가씨들에게 붙잡혀 조용히 끌려가지만 등 뒤에 대기해 있던 그녀의 집사들도 과연 부끄러운지 모르는 사람인 척.

"자아! 요리의 주제는 저녁 초대입니다!

분위기를 돌리는 사회자의 외침에 이야기는 급속도로 마무리 짓는다.

"그러면 전년도 우승자이신 아리사님과 준우승자인 벨로체님의 대결! 이제 시작합니아앗!"

"와아아아아아아!"

뜨거운 바람이 불어오는 것처럼 후끈 달아오른 분위기였다. 단상의 정면에 보이는 두 개의 커다란 테이블에 아리사와 벨로체가 걸어나오는 것으로 시합은 시작되었다.

"자아! 정의의 힘을 보여주자고!"

힘차게 파이팅을 외치는 피아레.

"네."

마주 보며 아리사는 애매한 표정으로 웃는다.

어제와 마찬가지로 요리 대결에도 고용주의 참가가 허락된다. 그것이 아리사에게 얼마나 핸디캡이 되는지, 이 자리에 모인 전원이 알고 있는 사실인데도 피아레는 모른다.

"자아! 그러면 시작은 홀리 워드 같은 걸로!"

팔을 걷어 부치며 진심으로 때려부술 기세인 피아레.

"…요리 대회예요."

아리사가 옷자락을 잡아당긴다.

"그러니까 대회잖아?"

"네."

눈을 동그랗게 뜨고 묻는 말에 아리사는 고개를 끄덕였다.

"대회라는 것은 상대를 쓰러뜨리면 되는 거잖아. 그러니까 당장에!"

"…아가씨."

두 눈이 이글이글 타오르는 피아레를 뒤에서 껴안으며 아리사는 말없이 손을 좌우로 저었다.

"칫!"

그 반응에 실망한 듯이 어깨를 늘어뜨리는 피아레.

"…준비할 요리는 새우 수프와 과일을 곁들인 새우 요리, 그리고 새우가 들어간, 베이컨을 감싼 연어구이. 덧붙여 시간이 남는다면 새우튀김도 추가할 거랍니다."

"……."

검지를 치켜세우고 윙크를 하는 아리사를 보며 피아레는 말없이 머리를 긁적거리고,

"어째서 전부 새우가?"

"네."

덧붙이는 말에 아리사는 명랑하게 웃는다.

“새우 요리 좋아하시니까요, 주인님.”

“오라버니 취향이었냐앗!”

질려하는 피아레의 반응에도 빙긋 웃기만 하는 아리사.

“오호호호호!”

어김없이 때를 맞춰 거슬리는 웃음소리가 들려온다.

“새우 요리라니, 생각만 해도 궁상맞고 빈티가 나는 요리네요! 오호호호!”

“그 말 그대로야, 벨로체! 아하하하!”

손등에 뺨을 갖다 댄 채로 웃기 시작한 벨로체의 옆에 느닷없이 나타난 스칼렛이 보조를 맞춘다.

“바보가 둘.”

“…아가씨에게 그런 소리를 들으면 끝장이죠.”

가자미눈을 하고 중얼거리는 피아레를 보며 아리사는 우후후, 웃으며 말한다.

“아리사!”

“이제 시작해 볼까요?”

발끈하는 피아레는 일단 무시.

“일단은 새우를.”

테이블에 피아레가 올린 것은 새우가 담겨진 바구니였다. 그녀는 그 안에서 적당량의 새우를 꺼내어 머리와 껍질을 제거하고 소금과 후추를 뿌리기 시작했다.

“일단, 기본 재료는 새우니까요.”

“아앗! 그거 내가 할게에엣!”

“……”

찰싹 달라붙어 외치는 피아레를 보며 아리사는 말없이 눈썹을 모으고,

“…팬에 버터를 두르고 숨이 죽으면 브랜디를 부어서 볶으세요.”

“맡겨둬!”

할 수 없이 설명해 주는 아리사의 말에 피아레는 주먹을 불끈 쥐고는 프라이팬을 뽑아 든다.

촤라라락!

재빠른 동작으로 버터를 두르고 옆에 준비된 화덕 위에 얹는 피아레.

“요리는 마음이야!”

힘차게 외치며 프라이팬을 흔들기 시작하는데,

“어라라!”

콰당!

때마침 달려와 등을 떠미는 스칼렛에게 밀려 와장창 나뒹구는 프라이팬과 새우.

“아이고, 실수.”

와하하! 웃으며 멋쩍은 표정을 짓는 스칼렛을 보며 피아레는 울컥한다.

“…아가씨.”

때마침 피아레의 허리를 당기며 말리는 아리사.

“알았어, 피아레.”

피아레는 할 수 없지, 하며 한숨을 내쉬었다.

"어머나?"

퍽!

"꺄아악!"

피아레는 단념하고 돌아서는 척하다가 아리사가 시선을 돌린 틈에 벨로체의 등을 발로 걸어차 버린다. 느닷없이 걸어차여 우당탕 앞으로 넘어진 벨로체.

"…당신!"

"미안해, 드릴."

머리에 양송이를 얹은 채로 이를 부드득 가는 벨로체에게 피아레는 가볍게 손을 저어 보인다.

"실수였어."

"꺄오오!"

담백하게 덧붙이는 말에 벨로체는 입에 불을 뿜기 시작한다.

"스칼렛님!"

이윽고 고개를 돌려 벨로체는 스칼렛을 향해 손짓을 하고,

"좋았어!"

엄청 기뻐하며 스칼렛은 피아레를 향해 뛴다.

"아앗! 조심해."

휘리릭!

노골적으로 노리고 던진 스칼렛의 식칼을 피아레는 고개를 뒤로 젖혀 간신히 피한다.

“스칼레엣!”

무럭무럭 피어오르는 살기로 무장하고 이를 빠드득 가는 피아레.

촤라락!

테이블 위에 펼쳐진 포크와 나이프를 재빨리 쓸어 담고는 풀쩍 뒤로 물러선다.

“새우를 데쳐 볼까나.”

성의없이 대본을 읽는 듯한 어조로 중얼거리며 나이프와 포크를 각각 손가락 마디 사이에 끼운다.

“죽어라!”

파카캉!

“히이이익!”

팔목을 이용해서 날린 포크와 나이프를 재빨리 들어 올린 프라이팬으로 튕겨낸 스칼렛.

“방금 죽어라, 라고 했다아앗!”

프라이팬에 꽂힌 나이프를 보며 경악하는 스칼렛.

“어머나? 말이 헛나왔나 보네요.”

딴청을 부리는 피아레를 보며 스칼렛의 표정이 점차 험악하게 일그러진다. 둘은 테이블을 경계로 쓰윽 앞으로 걸어나온다.

“아하하!”

“오호호!”

이윽고 딱 하니 웃음이 멎고,

"손이 미끄러졌다! 프라이팬 날리기!"

"이쪽도 손이 미끄러져서! 뜨거운 기름 샤워!"

상대를 향해 온갖 잡다한 것을 날리기 시작한다.

"꺄아아아!"

"우히이이이익!"

빗나가거나 튕겨낸 것이 지켜보던 관객들을 향해 고스란히 날아간다.

"그만 해앳!"

사회자의 절규가 도리어 도화선이 되어서 끝을 모르고 나락으로 떨어지는 요리 결승이었다.

"……."

한숨을 내쉬며 그 광경을 지켜보는 아리사의 등 뒤로 벨로체가 슬금슬금 접근한다. 벨로체는 슬쩍 아리사가 만든 요리에 무언가를 뿌리기 시작했다.

"그만 하세요!"

그때 저 멀리 달려오는 은빛 섬광!

"꺄아악!"

"우아앗!"

그것은 은빛 그림자를 남기며 피아레와 스칼렛의 사이에 떠올랐다 싶더니 별안간 팔을 교차시키며 두 사람의 안면을 손가락으로 붙잡아 버렸다.

"아이언 크로우!"

경악한 사회자의 절규와 함께 비로소 드러나는 실체! 은빛 머리칼을 휘날리며 단숨에 두 사람을 제압한 그것은 전설의 메이드, 세리아였다.

"오오오오오!"

관객들의 환호성을 받으며 등장한 세리아는 자신의 손아귀에 붙잡혀 바둥바둥 대는 둘을 보며 싸늘한 미소를 지었다.

"더 하시겠습니까?"

흉폭한 육식동물의 미소에 힘없이 고개를 떨군 두 사람은 은발의 메이드에게 붙잡혀 강제 퇴장을 당했다.

"시간 됐습니다아아아앗!"

대회장을 쩌렁쩌렁하게 울리는 사회자의 목소리를 신호로 제한된 시간은 모두 끝이 났다. 혼란스러운 와중에도 어찌어찌 요리를 완성한 아리사와 벨로체는 준비된 요리를 제외하고는 치우기 시작했다.

"오래 기다리셨습니다, 여러분!"

두 테이블 사이에 걸어나와 관객을 향해 깊게 고개를 숙인 사회자.

"이틀에 걸친 예선과 본선을 통한 최종 결선에 진출한 두 사람! 이제 준비된 요리를 끝마치고 심사에 들어가게 됩니다!"

"와아아아아아!"

사회자의 진행에 맞춰 관객들이 함성을 지른다.

"아리사 씨와 벨로체 씨의 고용주 분과 심사의원은 앞으로 나와주십시오!"

마술로 증폭한 목소리로 크게 외치는 사회자의 말에 따라 관객석에서 모습을 드러내는 세 명의 심사의원, 그리고 피아레와 스칼렛.

"아!"

피아레는 심사의원과 무심코 눈이 마주치자 깜짝 놀란 표정으로 우뚝 섰다.

"네 녀석들은!"

엄청 잘난 척하며 등장한 심사의원은 예선에서 탈락한 3인방이었다.

"어떤 손님이든……."

빠악!

"그만 좀 해!"

또다시 반복하려는 대사를 춉을 찍어 가로막은 피아레.

"어째서 너희들이 심사의원인 거야?"

질린 표정으로 묻는 말에 셋은 다시 어깨를 으쓱하며,

"그렇다면 말할 수밖에!"

한목소리로 외치며 서로의 손을 마주 댄다.

"비록 예선에 탈락했지만 우리는 엄격하다!"

"내가 만드는 것에는 관대하지만!"

"남의 요리에는 까다롭다!"

한목소리로 떠드는 셋을 보며 두 눈이 점이 되는 피아레.

"…트집은 잘 잡는다는 얘기야?"

"바로 그렇다!"

몹시도 질려하는 말에도 당당하게 어깨를 펴는 셋.

"……."

과연 여기에는 더 이상 할 말을 잃고 말없이 스칼렛과 함께 피아레는 준비된 무대에 올랐다. 사회자는 스칼렛과 피아레, 그리고 3인방이 테이블 사이에 올라서자 다시 한 번 왼손을 번쩍 치켜 올려 시선을 모았다.

"오래 기다리셨습니다, 여러분! 심사는 보시다시피 이렇게 맛에 까다로운 세 사람과 그리고 각각의 고용주! 이렇게 총 다섯 명이 맡게 됩니다. 해설에는 사회자인 저와 그리고 메이드 계의 살아 있는 전설이신 세리아님께서 함께하시겠습니다!"

그렇게 말하며 풀쩍 물러선 사회자의 옆에는 아까 피아레와 스칼렛을 아이언 크로우의 움켜쥔 은발의 메이드가 서 있었다. 세리아는 관객을 향해 씽긋 웃으며 고개를 꾸벅 숙였다.

"와아아아아아!"

동시에 높아만 가는 관객의 함성.

"그러면 첫 번째 심사는 작년에 아깝게 준우승에 머물렀던 벨로체 양!"

소리가 수그러들 즈음을 노려 사회자는 손바닥을 펼쳐 벨로체를 가리켰다. 동시에 무대의 중앙에 한발 앞으로 나오며 스커트를 좌우로 살짝 당기며 공손하게 인사를 하는 벨로체.

"오오오오오!"

좋아 죽는 관객 여러분.

"내숭은……."

피아레는 험악한 표정으로 인상을 찌푸린다.

"준비하신 요리는 무엇입니까?"

"시작은 안달루시아 가즈파초이며 다음으로 라임풍 크림조림 로스트, 그리고 마무리는 쉬발벤 네이트랍니다."

사회자의 질문에 벨로체는 상냥한 얼굴로 웃으며 말한다.

"……."

아마도 처음 들어본 이름인 듯.

"정말 맛있답니다."

"오오! 맛있겠네요!"

씽긋 웃는 벨로체를 보며 뒤늦게 감탄사를 내뱉는 사회자.

"…서민."

벨로체는 사회자가 고개를 돌린 틈을 타서 소리 죽여 투덜거린다.

"특별히 그런 요리를 생각하는 이유가 있으신가요?"

"…네."

사회자가 묻는 말에 벨로체는 수줍은 표정을 지으며,

"저녁 초대를 받은 분이라면 아마도 귀한 손님이겠지요. 그렇다면 고용주님이 부끄럽지 않게 멋진 요리를 대접하고 싶었답니다."

"오오오오오!"

뺨을 붉히며 머뭇머뭇 덧붙이는 벨로체의 말에 객석은 환호의 도가니가 된다.

"그러면 시식을 시작해 주시기 바랍니다!"

사회자의 외침에 맞춰 다섯 명의 심사의원은 테이블에 준비된 요리에 접근한다.

준비된 요리는 모두 셋.

매콤한 수프인 안달루시아 가즈파초.

쇠고기 요리인 라임풍 크림조림 로스트.

햄과 송아지 넓적다리 살이 메인인 쉬발벤 네이트.

"……."

벨로체가 만들었다면 다 먹기 싫었지만 그래도 고른다면 햄이 낫지 않을까 생각한 피아레. 한입 베어 문 쉬발벤 네이트의 맛은 그렇게 나쁘지는 않았다. 끝 맛이 다소 강렬하다는 점을 빼면 특징이 없다고 할까? 하지만 아리사의 비한다면 대체로 평범한 요리였다.

"후후후!"

이겼다고 생각하고 득의만면의 미소를 지은 피아레.

"성의예요."

"뭐 하는 거야아앗!"

무심코 고개를 돌렸다가 3인방에게 몰래 금화를 찔러주는 벨로체와 시선이 마주치고는 엉겁결에 소리를 지른다.

"뇌물을 건네고 있잖아아앗!"

"네."

버럭 화를 내는 피아레의 말에 벨로체는 가볍게 고개를 끄덕인다.

"에?"

　너무나 자연스럽게 인정해서 실로 상쾌함까지 묻어나는 그 반응에 피아레는 엉겁결에 입을 다물고,

　"이 못된 악당아앗!"

　"이상한 소리를 하는 거네요."

　발끈하는 피아레를 향해 손사래를 치며 벨로체는 한숨을 내쉬었다.

　"자그마한 성의를 보이는 것은 어디까지나 고용주를 위한 마음인 거네요. 여기에 무슨 문제라도 있나요?"

　그렇게 말하며 고개를 돌린 벨로체의 시선에는 전설의 메이드가 있다. 세리아는 벨로체와 눈이 마주치자 천천히 고개를 끄덕였다.

　"없지요."

　"에에에엣!"

　그 한마디에 우당탕 뒤로 넘어지는 피아레.

　"무슨 소리를 하는 건가요, 당신! 드릴이 뇌물을 준 거잖아요, 나쁜 짓이잖아요! 싸잡아 퇴치할 악당인 거잖아요오!"

　발끈하는 피아레의 말에 세리아는 우후후, 웃으며 고개를 가로저었다.

　"자신의 손해까지 감수하면서 고용주를 위하는 것이 상냥한 메이드의 마음가짐이랍니다."

　"와아아아아아!"

　세리아의 한마디에 열광하는 관객 여러분.

　"……."

뭔가 틀림없이 잘못되었다고는 생각하지만, 단순한 피아레는 논리의 허점을 찾아내지 못하고 고민에 빠졌다.

"점수는 어떻게 됩니까?"

"0점이야앗!"

사회자의 말이 떨어지기가 무섭게 피아레가 소리친다.

"100점!"

하지만 나머지 사람은 만장일치로 100점을 준다.

"그렇다면 총 400점이군요!"

"오호호호!"

"우와아아아아아!"

뒤에 준비된 보드에 점수가 쓰여지자 들끓는 관객들과 평소의 모습으로 돌아와서 뺨에 손등을 얹고 웃기 시작하는 벨로체.

"그러면 다음으로……"

털썩!

사회자가 아리사의 테이블을 향해 빙글 돌아서는 것과 동시에 피아레와 스칼렛을 제외한 세 명의 심사의원이 돌연 자리에 주저앉았다.

깜짝 놀라서 고개를 돌린 피아레는 그대로 몸이 굳었다.

"쿨쿨."

놀랍게도 세 명은 별안간 쓰러져 잠이 든 것이었다.

"……"

피아레는 말없이 고개를 돌리고,

“수면제를!”

“다르네요오!”

벨로체는 멱살을 움켜쥔 피아레의 두 손을 밀치며 맞받아 소리 질렀다.

“수프에 도수가 왕창 높은 술을 넣은 거뿐이네요!”

“대체 술을 왜애애앳!”

울컥하는 피아레의 고함에 벨로체는 훗! 하고 웃으며,

“손님의 접객의 최고는 더 이상 먹고 싶은 기분이 들지 않게 만족시키는 것! 그것은 즉 배불러 쓰러져 잠이 드는 일을 의미하는 것! 그렇다면 술에 취해서 쓰러지거나, 요리가 배불러서 잠들거나, 결과는 같은 거네요!”

“…우아아.”

터무니없이 자신만만하게 외치는 말에 피아레는 힘없이 주저앉는다.

“세리아님?”

사회자는 고개를 돌려 세리아를 쳐다보고,

“인정합니다.”

“와아아아아아아아!”

즉시 대답하는 세리아의 말에 힘입어 관객들의 목소리는 높이높이 소용돌이친다.

“…너는?”

“늘 당해왔으니까 이 정도는 가볍지!”

가자미눈을 하는 피아레를 향해 스칼렛은 당당한 어조로 외치며 어깨를 활짝 편다.

"아아! 하지만, 이걸로 심사의원 중 세 명이 탈락! 아리사 씨의 요리는 남은 두 명으로 심사할 수밖에 없습니다!"

"너, 드릴! 그걸 노리고!"

"어머? 무슨 말씀을 하시는지 모르겠네요."

사회자의 말에 피아레는 발끈하지만 벨로체는 뻔뻔하게 시선을 돌린다.

"그러면 다음으로 작년의 우승자였던 아리사 양!"

엄청 산만한 분위기에도 굴하지 않고 꿋꿋하게 사회자가 향한 곳은 아리사의 테이블이었다.

"준비하신 요리는 무엇입니까?"

"새우 수프와 안달루즈 소스 새우 요리, 그리고 새우가 들어간 베이컨을 연어구이랍니다."

"…어째서 전부 새우 요리를?"

"주인님이 좋아하신답니다."

의아해하는 사회자의 물음에 아리사는 상냥하게 웃으며 대답한다.

"그렇군요! 과연 우승자! 고용주에 대한 따스한 마음을 느낄 수 있습니다!"

"오오오오!"

머뭇거리며 부끄러운 듯 두 뺨을 붉히는 아리사의 모습에 관중들은 좋아 죽는다.

"그러면 시식해 주십시오!"

사회자가 신호를 보내자 남은 두 명의 심사의원, 스칼렛과 피아레가 테이블로 접근한다. 하지만 이미 벨로체의 점수는 400이고 세 명의 심사의원이 기권한 마당에 아리사가 이길 수 있는 방법은 없다.

여유있는 표정으로 피아레를 보며 씨익 웃는 스칼렛.

"아우우!"

엄청 분해해도 별 방법이 없는 피아레.

준비된 요리는 역시 셋.

프렌치 드레싱의 새우 수프.

과일을 버무린 안달루즈 소스의 새우 요리.

그리고 베이컨으로 감은 새우가 들어간 연어구이다.

"쳇."

어깨가 축 늘어진 채로 포크를 챙겨 든 피아레.

"할 수 없지. 오늘은 피아레가 힘쓴 요리를 먹는 걸로 만족할 수밖에."

그렇게 중얼거리며 새우 요리에 입을 대고,

"켈록!"

참지 못하고 바로 토해내고 말았다.

피아레는 눈을 동그랗게 뜨고 아리사를 쳐다보았다. 방금 먹은 새우는 아리사가 만들었다고는 믿을 수 없을 만큼 엄청 맛없었다.

"우웩! 맛없어."

역시나 인상을 찌푸리며 먹던 것을 토하는 스칼렛.

"맛이 없다고요?"

둘의 반응에 사회자는 의아한 표정으로 수저를 들어 수프를 한입 떠먹고 보고는 이윽고 눈살을 찌푸렸다.

"이게 어찌 된 건가요, 아리사 씨?"

사회자의 질문에 아리사는 작게 한숨을 내쉬며,

"준비한 요리는 모두 주인님을 생각하며 만든 요리랍니다. 하지만 그래도 주인님이 드실 수 없다고 생각하니, 기운이 빠져서……."

"아하하하핫!"

우물거리며 덧붙이는 아리사의 말을 가로막으며 돌연 큰 소리로 웃기 시작하는 벨로체.

"정말 엉터리 같은 변명이네요!"

"아니, 달라요."

비난의 어조를 높이는 벨로체의 말을 가로막으며 끼어든 사람은 세리아였다. 그녀는 아리사에게 다가와 그녀의 머리를 쓰다듬으며 빙긋 미소를 지었다.

"고용주를 위한 요리를 만드는 것이 메이드의 본분이지요. 손님 접대는 그다음의 일. …그분을 위해 만들고, 그분이 없다면 만들 수 없다니, 이 얼마나 멋진 메이드인가요?"

"과여어언!"

"와아아아아아아아아!"

세리아의 마음이 따스해지는 설명에 돌연 감동의 도가니탕이 되는 관중 여러분.

"무슨 말도 안 되는 소리를 하는 거야! 그건 단순히 약을 타서 맛이 없어진 거잖아앗!"

별안간 뒤집힌 분위기에 벨로체는 울컥해서 소리친다.

"……."

모두의 시선은 벨로체에게 향한다.

"약을 탔나요?"

갸웃하며 묻는 말에 벨로체는 노골적으로 허둥댄다.

"아, 아니. …아니, 그건!"

"그런 거였어?"

싱글거리며 다가온 사람은 피아레.

"드릴이 약을 탄 거구나아."

아래로 늘어뜨린 손바닥에는 성력으로 새하얀 빛이 번쩍거리기 시작한다.

"잠까아아안!"

벨로체는 무시무시한 표정으로 다가오는 피아레를 향해 필사적으로 손을 내저으며 주춤주춤 뒤로 물러선다.

"웃기지 마! 그쪽과 스칼렛님이 100점을 준다고 해도 200대 400이야! 대회의 우승자는 나라고!"

억지라도 쓸 생각인지 그렇게 외치는 벨로체의 말에 노골적으로 한숨을 내쉰 피아레.

"그래요?"

묻는 말에 세리아는 가볍게 손을 좌우로 흔든다.

"무효."

"안 돼애애애앳!"

콰르르릉!

세리아의 말이 떨어지기가 무섭게 피아레가 풀어놓은 회오리바람에 휩쓸린 벨로체는 높이높이 하늘로 날아가 버렸다.

"올해의 우승자는 아리사 씨입니다!"

"와아아아아아!"

아리사의 손을 사회자가 번쩍 들어 올리는 것과 때를 맞춰 관객들의 함성은 높아만 갔다.

하늘까지 닿을 듯한 모닥불.

그 주변을 둥근 원을 그리며 모인 사람들은 제각기 멋지게, 혹은 예쁘게 차려입은 옷으로 둘씩 짝을 지어 음악에 맞춰 춤을 춘다. 2박 3일의 일정으로 시작된 메이드 축제는 젊은 남녀가 모여 추는 포크 댄스를 마지막으로 끝이 난다.

"아리사 양."

한편에 준비된 자리에 앉아 있는 아리사를 향해 그림자를 등지고 한 사람이 다가온다.

"한 곡 출래요?"

빙긋 웃으며 손을 내미는 사람은 피아레.

"네."

시작부터 계속 사양을 거듭하던 아리사도 이번만은 씽긋 웃으며 자리에서 일어선다. 두 사람은 손을 맞잡고 음악에 맞춰 자그마한 원을 그리며 천천히 춤을 추기 시작했다.

“어머, 멋져라.”

아름다운 두 아가씨의 멋진 왈츠에 일대의 공기가 더없이 훈훈해진다.

“축제, 재밌으셨나요?”

“마지막에 모두 날려 버린 건 그럭저럭 마음에 들었어.”

아리사의 질문에 피아레는 히죽 웃으며 그렇게 대답했다. 그 말에 아리사는 그럴 줄 알았다는 듯이 희미한 미소를 지어 보였다.

“그런데, 아리사.”

“네, 아가씨.”

“손을 썼던 거야?”

작게 속삭여 묻는 말에 피아레는 빙긋 웃었다.

“…비밀이랍니다.”

윙크를 하며 시선을 돌리는 아리사.

“칫!”

별생각없이 그것을 쫓은 피아레는 누군가와 눈이 마주치고는 질린 표정으로 다시 아리사를 쳐다보았다. 아리사의 시선의 끝에는 두 사람을 쳐다보며 즐겁게 웃고 있는 은발의 메이드가 있었다.

“비밀이랍니다.”

세리아는 피아레를 향해 검지를 세우고는 입술에 갖다 댄 채로 윙크를 했다.

“…정말이지.”

눈짓을 주고받는 둘을 보며 비로소 감을 잡은 피아레. 질린 표정으로 어깨를 으쓱하는 그녀를 보며 아리사는 빙긋 웃었다.

축제의 밤은 깊어만 갔다.

*　　　*　　　*

우당탕!

기나긴 암흑 속에서 엄청난 소리가 들려왔다. 무언가가 박살이 나는 그 소리에 두근! 하고 심장이 뛴다. 죽은 듯이 자고 있던 단테를 깨운 것은 틀림없이 돈이 나가는 소리.

무거운 눈꺼풀을 밀어 올리며 단테는 감았던 눈을 뜬다. 상체를 일으켜 볼까 해도 가슴은 답답하고 팔과 다리의 감각이 죽은 것처럼 없다.

"……."

간신히 고개를 든 단테의 시선에는 그의 가슴에 안겨 곤히 잠든 리테가 있었다. 도무지 감각이 돌아오지는 않았지만 힘껏 꼬물거려 보니 발가락과 손가락이 움직이기는 했다.

마비가 된 것 같기는 하지만 동상까지는 아닌 것 같다. 간신히 안도의 한숨을 내쉬며 단테는 다시 고개를 뒤로 젖혔다.

탕, 탕!

무언가 내동댕이치는 소리와 함께 거실을 뛰어 달려오는 소리가 들려온 것은 그때였다.

콰당!

활짝 문이 열리고 들어온 사람은 이리스.

"다요!"

두 팔을 파닥거리며 달려와 개구리마냥 뛰어올라 단테를 향해 펄쩍 뛰어든다.

"크윽!"

납작하게 깔려서 목메인 숨을 토하는 단테.

"나, 배고프다요."

새파랗게 질린 단테를 향해 헤실거리며 이리스가 말한다.

"어머?"

마치 짠 것처럼 때맞춰 일어나는 리테.

"하아암."

입가를 가린 채로 하품을 하더니 뒤늦게 이리스를 보고는 빙긋 웃었다.

"잘 잤어요?"

"잘 잤다요."

서로를 마주 보며 예의 바른 아침 인사를 나누는 이리스와 리테였지만 사실은 이미 정오를 훌쩍 넘은 시간이다.

"…비켜."

"아앗!"

죽어가는 목소리로 간신히 토한 말에 깜짝 놀라 상체를 일으킨 리테.

"왜 그런다요?"

"환자잖아요."

고개를 갸웃하는 이리스를 뒤에서 낚아채며 리테는 상냥하게 설명해 준다.

'알고는 있냐아아앗!'

울컥하고 혈압이 치미는 단테였지만, 아프고 배고픈 몸으로는 소리 지를 힘도 없다. 단테는 자칫 거칠어지는 숨을 간신히 고르고는 잔뜩 쉰 목소리로 이리스에게 말했다.

"…무슨 소리가 들리던데?"

묻는 말에 고개를 갸웃한 이리스.

"……."

"단테 오빠, 목소리가 이상하다요."

말없이 바라보는 시선에 고개를 갸웃하며 그렇게 말한다.

"……."

그 말에 말없이 부들부들 몸을 떠는 단테.

"다요?"

침대를 허우적거리며 다가와 머리를 디밀던 이리스는 깜짝 놀란 표정으로 눈을 동그랗게 떴다.

"단테 오빠는 왜 운다요?"

"이리스!"

그래도 이리스와 비교하면 그래도 조금은 상식을 가진 리테다. 부글부글 끓어오르는 단테에게 허겁지겁 이리스를 떼어내고는 그녀의 귀에 대고 속삭여 물었다.

"아까 무슨 소리가 들렸는데, 뭐 했나요?"

"깨졌다요."

"네?"

"이리스는 착한 아이다요. 청소했다요. 그런데 꽃병 깨졌다요. 창문 깨졌다요. 물이 안 빠진다요."

"아아앗!"

뒤늦게 사태의 심각성을 깨닫고 이리스의 입을 틀어막는 리테였지만, 이미 한참 늦은 뒤였다.

"……."

말없이 쳐다보는 단테의 공허한 시선에 리테의 입가에 경련이 일어난다.

"…단테님?"

리테는 그렇게 말하며 애써 단테의 시선을 피하며 자리에서 일어섰다.

"배고프시지요? 제가 지금 아침 준비할게요."

그렇게 말하며 쏜살같이 도망치는 리테.

"나도 돕는다요!"

그리고 아무 생각 없이 이리스가 그녀를 쫓아 방을 나간다. 방에 홀로 남겨진 단테는 엄청 슬펐지만 울지 않으려고 애써 입술을 꽈악 깨물었다.

울어봤자 체력만 더 떨어질 뿐이었다. 아리사가 돌아오기 전까지 살아 있으려면 초인과도 같은 정신력으로 버텨내지 않으면 안 된다고, 궁지에 몰린 단테는 그렇게 생각했다.

"연기난다요?"

"왜 연기가 나는 걸까요오오!"

하지만 닫혀진 방문 틈으로 매캐한 연기가 들어온다. 저편에서 들려오는 방 너머의 다급한 목소리로 사태는 짐작하고도 남을 일이었다.

타는 연기 때문에 숨이 막히고 머릿속은 어질어질했다. 그러자 돌연 단테의 뇌리에 추억이 아련하게 떠오르기 시작했다.

"……."

작년 이맘때에는 아리사와 함께 메이드 축제에 갔었다. 대회에 함께 출전해서 우승을 하고 마지막 날에는 함께 춤을 추기도 했었다. 싫은 척했지만, 귀찮아서 가기 싫다고 했지만, 사실은 함께 가서 굉장히 즐거웠었다.

하지만 올해, 축제가 있는 지금. 침대에 엎드려 서서히 죽어가는 자신을 생각하니, 이렇게 비참한 최후를 맞아도 괜찮은 걸까 생각하니, 저도 모르게 나약해진 마음이 모래성처럼 허무하게 무너지고 있었다.

조금씩 스며드는 연기에 단테는 미칠 것만 같았다. 점차 숨이 가빠오고 눈앞이 어질어질했다. 돌연 모든 것이 시커멓게 바뀌었다.

"……."

누군가 그를 부르고 있었다. 마음이 아릴 듯이 그리운 음성이 단테의 귀를 간질였다. 이윽고 눈을 뜬 단테의 앞에는 근심

어린 표정의 아리사가 그를 바라보고 있었다.

"…아리사?"

"괜찮으세요?"

메마른 목소리로 부르는 말에 아리사는 두 손을 가슴에 얹고는 안도의 한숨을 내쉬었다.

"무사하셔서 다행이에요."

"…언제 돌아온 거야?"

"아슬아슬하게요."

아리사는 미소를 지었다. 상냥하게 웃음을 짓는 그 얼굴을 보고 있자니 단테는 비로소 마음이 놓였다.

"대회는 어땠어?"

"피아레님 덕분에 재미있었어요."

"…그거, 믿을 수 없는데?"

"정말이에요."

질린 어조의 단테의 말에 아리사는 후후, 하고 웃었다.

"죽, 드실래요?"

"…응."

단테가 고개를 끄덕이자 아리사는 한편에 준비해 두었던 죽이 든 그릇을 들고는 수저를 떠서 후후 불었다.

"아, 하세요."

화사한 미소를 지으며 수저를 입가로 가져온 아리사.

"…아."

부끄러움에 얼굴이 빨개졌지만 아직 기운이 부족한 단테는 입을 벌려 그것을 받아먹었다. 그러나 이상하게도 언제나 최고였던 아리사의 요리가 아무런 맛도 나지 않았다. 아니, 도리어 어딘지 불쾌한 맛이 났다.

"……."

단테는 그럴 리가 없는데? 하며 무심코 눈을 감았다가, 별안간 코를 찌르는 지독한 냄새에 저도 모르게 눈살을 찌푸렸다.

"…탄 냄새가?"

어디선가 탄 냄새가 났다.

중얼거리며 천천히 눈을 뜬 단테는 아리사가 보이지 않아서 깜짝 놀랐다.

'어디로 간 거야?

중얼거리며 단테는 다시 침대에 기댔다.

그러자 다시 냄새가 화악 밀려왔다. 참을 수 없을 만큼 매케한 냄새가 코를 찔렀다. 단테는 베개에 머리를 묻고 참으려고 했지만 그것이 얼마나 지독한지 도저히 숨을 쉴 수가 없었다.

그 냄새 때문에 머리가 지끈지끈 아플 지경이었다. 결국 엎드려 잠을 청하지만 아까부터 가빠오기 시작한 숨이 도무지 가라앉을 기미가 보이지 않았다.

이상한 기분이 들었다.

점차 가슴이 답답해지고, 숨이 막혔다. 그러자 돌연 단테는 그 냄새의 정체가 무엇인지를 깨달았다. 그것은 이리스와 단테가 태운 요리에서 올라오는 연기였다.

흐릿한 어둠 속에서 시커먼 그림자가 촛불 뒤의 그림자마냥

위태롭게 흔들거렸다. 그리고 무서운 현실의 소리가 들려왔
다.

"이상한 표정이다요?"

"배고파서 그런 걸 거예요."

단테는 비로소 깨달았다. 그 모든 것이 간절한 소망이 만들
어낸 헛된 망상이었다. 아리사는 아직 돌아오지 않았고, 자신
은 여전히 이리스와 리테의 손아귀에 잡혀 있던 것이다!

"…주인님?"

다시 소리가 들려왔다.

그리고 단테는 다시 정신을 잃었다.

CHAPTER 03
언제까지나!

안단테
칸타빌레

"오오! 와주셨군요!"

50대 중반의 날카로운 눈매의 남자는 금세라도 단테를 껴안을 듯이 기뻐하며 열렬히 환영했다.

좌우로 열을 지어 기립한 병사가 서 있는 정문. 남자의 등 뒤로 보이는 거대한 성은 다름 아닌 멜로디 왕국이었고, 은발을 멋지게 올백으로 넘긴 나이스 중년의 표상과도 같은 이 사람이야말로 멜로디 왕국의 전(前) 수상, 가렌트였다.

"마침 시간이 비어서."

"초대해 주서서 영광이에요!"

대수롭지 않게 말하는 단테의 옆에서 방방 뛰는 사람은 리테. 바로 옆에는 단테의 팔짱을 끼고 있는 피아레가, 그리고 등 뒤에는 신기한 듯 초롱초롱한 눈동자로 성을 올려다보는 이리스가 있다.

"잘 오셨습니다, 왕자님."

입가에 미소를 지으며 일행을 안내하는 가렌트. 오랜만에 멜로디 왕국을 찾은 것은 다름 아닌 가렌트의 초대를 받은 덕분이다.

"아! 그런데, 아리사 양은?"

"…아하하."

문득 생각난 듯 묻는 말에 단테는 쉽게 대답하지 못하고 입가에 경련을 일으킨다.

실상 단테 일행이 멜로디 왕국에서 온 가렌트의 초대에 응하게 된 것은 저번 소동으로 엉망이 된 집 때문이었다. 침수에 화재로 결국 수리를 맡길 수밖에 없었는데, 아리사는 공사의 진행을 살피기 위해 남은 것이다.

"바쁜 일이 있어서."

"아아, 과연."

예의상 물었던 것인지 가볍게 납득하는 가렌트.

"그런데 무슨 일이지, 가렌트?"

문득 떠오른 생각에 단테는 질문을 던졌다.

"멜로디 왕국으로 돌아간 지 얼마 안 됐을 텐데, 갑자기 무슨 초대야?"

생각해 보면 가렌트는 보호 감찰이라는 명목으로 제다우디에서 억류되어 있다가 풀려난 지 얼마 안 되는 입장이다. 정확하게 따지고 들면 남의 나라 쿠데타이니 합병이 있다고 해도 제다우디에서 죄를 물을 수는 없는 일이었다.

결국 수상과 수석 마도사의 신병은 멜로디 왕국으로 돌아가게 되었지만, 왕이 여행을 떠나 버렸고 형이 실종된 입장에서 두 사람의 처분을 맡게 된 것은 단테였다.

"귀찮으니까 돌려보내세요."

안 그래도 단테는 신경 써야 할 일이 많다.

단테의 한마디로 수상이었던 가렌트와 수석 마도사였던 마리아는 멜로디 왕국으로 돌아갈 수가 있었다. 하지만 멜로디는 이미 합병당한 입장이라서 제다우디에서 정치 고문이 파견되어 대리 통수를 하고 있는 상황이었다.

결국 돌아오기는 했어도 수상과 수석 마도사의 복직은 어려운 일이었으니, 귀국했다고 해서 입장 좋은 형편이라고는 말 못하는 상황이었다.

"…이야기는 안에서."

단테의 질문에 가렌트는 심각한 표정으로 말했다.

"오케이."

굳이 부른 것이라면 중요한 이야기겠지, 싶어서 단테는 고개를 끄덕였다.

"그런데 여기는 멜로디 성이잖아. 제다우디에서 쓰고 있는 것 아니었어?"

"제다우디는 일단 합병이라고 주장하고 싶은 것인지, 멜로디 성은 건드리지 않더군요. 업무는 모두 제다우디 대사관에서 보고 있고, 성은 이렇게 비어 있는 형편입니다. 핫핫핫!"

"…뭐, 하긴."

웃어젖히는 가렌트의 말에 미묘한 표정을 짓는 단테.

"태평한 우리 국민들이라도 성까지 점령되어 있다면 가만히 있지는 않았겠지."

그러려니 하고 가렌트의 안내를 따라 성으로 들어간다.

"멋져요오오오!"

복도를 따라 걷던 와중에 문득 벽에 걸린 그림을 보고 리테가 감탄했다.

"그거, 가짜."

그 모습에 설레설레 손을 젓는 피아레.

"네엣?"

"예전에 큰오빠가 찢어먹은 거야. 그래서 대충 가짜로 바꾼 걸로 기억하는데."

"…확실히."

덧붙이는 말에 쓴웃음을 지으며 고개를 끄덕이는 단테.

"형이 검술을 배우고 나서, 이것저것 많이 부숴먹었지."

"엉망진창이었지."

어딘지 아련하게, 그리운 듯 중얼거리는 말에 피아레가 웃으며 고개를 끄덕였다.

"…오빠가 한 분 더 계셨나요?"

"응."

리테의 질문에 피아레는 가볍게 고개를 끄덕였다.

“포르테 오빠.”

“멜로디 포르테 피아노 형이지.”

간단한 설명에 단테가 덧붙여 말한다.

“제1왕위 계승자야. …즉, 그쪽이 진짜 왕자님이지.”

“무슨 소리를 하는 거예요, 오라버니는!”

“아무것도.”

뾰루퉁한 표정의 피아레의 대꾸에 단테는 모른 척 딴청을 피우며 킥킥 웃었다.

“여기로 드시지요.”

때마침 가렌트가 끼어들어 말했다.

“응접실?”

“예.”

단테의 말에 시원스럽게 고개를 끄덕인 가렌트.

소탈하다고 해야 할까, 단순히 경비 부족이라고 해야 할까? 국외의 사신이나 국내의 귀빈이나 할 것 없이 아울러, 기본적으로 손님은 응접실에서 맞이하는 멜로디 왕국이었다.

“그러면.”

그렇게 말하며 다가가 문을 열었다.

“다요오옷!”

문이 열리자마자 환호한 것은 이리스였다. 그녀는 두 팔을 번쩍 치켜 올리며 활짝 열려진 문 안으로 달려갔다.

“훌륭해요오오!”

그 뒤에 두 눈이 하트가 된 채로 어쩔 줄 몰라 하는 리테.

“다요?”

“네!”

둘은 서로를 향해 고개를 끄덕여 보이고는 동시에 뛰기 시작한다.

“그렇게 뛰다가는 넘어진다.”

질린 표정으로 중얼거리며 뒤따른 단테.

그도 그럴 것이 수십 명의 사람들이 들어가고도 남을 커다란 응접실에는 말 그대로 산해진미가 차려져 있었던 것이다. 부드럽고 고급으로 보이는 양탄자 위의 테이블에 보기 좋게 장식된 음식은 보기만 해도 군침이 질질 흐를 듯 좋은 냄새가 났다.

“어서 오세요.”

다소곳이 고개를 숙인 메이드 아가씨들이 좌우에 흩어져 서 있었다. 멜로디 왕국은 기본적으로 궁중 시녀가 없기에 성내의 일반적인 일은 고용된 메이드가 처리하고 있었다.

“다요!”

예쁜 메이드 언니들의 안내를 받아 무작정 테이블에 달려든 이리스.

“맛있겠다요!”

“…정말이에요.”

덥석 음식에 입에 문 이리스의 옆에는 두 손을 모은 채로 몸을 비비꼬며 리테가 안타까운 표정으로 음식을 쳐다보고 있었다.

“내 돈 아니니까 마음껏 드셔.”

“잘 먹겠습니다!”

단테의 허락이 떨어지자마자 리테는 이리스의 바로 옆에서 음식을 집어먹기 시작했다.

“…정말이지.”

쓴웃음을 지으며 방에 들어선 단테.

“여기로 앉으시지요.”

한편에 준비된 자리에 가렌트가 의자를 빼며 단테와 피아레를 맞았다.

“그러면.”

두 사람이 자리에 앉자 가렌트는 맞은편 자리에 앉았다.

“무슨 일로 부른 거야?”

묻는 말에 가렌트는,

“제다우디 때문이지요.”

“…무슨 소리를 하는 거야?”

느닷없는 말에 눈살을 찌푸리는 단테.

“갑자기 제다우디라니?”

그렇게 중얼거리며 때마침 메이드 아가씨가 권한 아이스티를 홀짝였다.

“나라를 되찾아야 합니다.”

푸웃!

“우아앗!”

가볍게 덧붙인 말에 단테는 엉겁결에 마시고 있던 아이스티를 뿜는다.

"무, 무슨 교양없는 행동이십니까, 왕자님!"

단테가 내뿜은 음료를 고스란히 얼굴에 맞은 가렌트.

"너, 이 자식!"

벌떡 일어나 소리치는 가렌트의 말에 단테는 울컥하며 멱살을 움켜쥔다.

"방금 무슨 소리를 한 거야? 지금!"

"그거야 당연히 나라를 되찾아야 한다고 했습니다."

엉겁결에 맞받아 소리치는 말에 가렌트는 차분한 어조로 대답했다.

"그러면 왕자님! 설마 이대로 제다우디의 횡포를 계속 놔두실 생각입니까?"

"…하?"

고개를 바짝 디미는 가렌트의 말에 울컥한 단테.

퍼억!

"그렇게 만든 장본인이 그런 소리 하지 마앗!"

마시고 있었던 아이스티 잔으로 가렌트의 머리통을 후려쳐 버린다.

"이게 무슨 짓입니까, 왕자님!"

털썩 쓰러졌지만 이내 다시 일어서서 소리치는 가렌트.

"네 녀석과 마리아가 그렇게 만든 거잖아! 그런데도 무죄 방면해 줬으면 조용히 지낼 것이지, 반성도 안 하고 또 무슨 짓을 저지를 생각이야!"

“화장실에 들어갈 때와 나갈 때 마음이 다르고, 목구멍을 넘어가면 뜨거움도 잊습니다!”

어이없어하는 단테의 말에도 가렌트는 전혀 굴하지 않고 가슴을 활짝 편다.

“그렇습니다! 울며 매달려서 일단 용서받으면, 그걸로 과거는 깨끗하게 잊어버리는 겁니다!”

“…이것 봐.”

“가렌트!”

몹시도 질려하는 단테의 말을 가로막으며 불쑥 끼어든 사람은 피아레.

“네?”

“지금 그 이야기는 제다우디와 싸우자는 거야?”

“물론입니다, 공주님!”

눈을 동그랗게 뜨고 묻는 말에 가렌트는 불끈 손을 쥐며 외친다.

“피아레 공주님은 아실 겁니다! 우리가 정의임을! 그리고 역사는 말합니다, 정의가 반드시 이겨왔음을!”

“그거, 말 잘했어! 가렌트!”

퍽!

“이 바보가!”

가렌트의 말에 동조해서 날뛰기 시작한 피아레의 뒤통수를 후려친 단테.

“단순히 이긴 쪽이 정의를 포장한 것뿐이잖아!”

"오라버니는 무슨 말씀을 하시는 거예요? 저희가 정의인 것이 당연하잖아요!"

"크악! 도대체 대화가 안 통해!"

당연하다는 듯이 목소리를 높이는 피아레의 말에 단테는 털썩 쓰러진다.

"자아! 그런 이유로 멜로디 왕국과 제다우디의 전면전에 협조해 주십시오, 왕자님!"

"오! 그거 멋져."

"바보야!"

손뼉을 마주치는 피아레의 목덜미를 잡아당기며 단테는 소리쳤다.

"기껏해야 수천의 병력을 가진 멜로디가 보병만 5만 명은 넘는다는 제다우디와 붙어서 이길 거 같아앗!"

"물론이에요! 그런 것쯤은 사랑과 우정과 정의가 있다면 단숨에 극복해 낼 수 있습니다!"

"우웃!"

단테에게 달라붙어 힘찬 어조로 외치는 피아레의 두 눈이 이글이글 불타오른다.

"…넌 어디의 변신 소녀냐?"

그 강렬한 기세에 저도 모르게 뒤로 물러서는 단테.

"그렇게 결정되었으면 도와주시는 겁니다, 왕자님."

"바보 같은 소리 하지 마!"

멋대로 결론짓고 힘차게 검지를 내미는 가렌트를 보며 단테는 버럭 화를 냈다.

"정의는… 흐읍!"

"가렌트 혼자서 이런 일을 저질렀을 리는 없고, 틀림없이 조종 세력이 있는 거겠지! 누가 바람을 넣는지는 모르겠지만, 이런 바보 같은 짓은 당장 그만둬!"

바둥거리는 피아레를 뒤에서 입을 틀어막은 채로 단테는 말했다.

"호오."

그 말에 돌연 눈을 가늘게 치켜뜬 가렌트.

"거기까지 눈치 채시다니, 과연 단테 왕자님."

그렇게 말하며 입가를 가린 채로 낮게 웃음을 흘리는 것이 영락없는 악당의 폼이었다.

"협력하실 생각이 없습니까?"

"물론이야!"

"그러면 공주님은?"

"…뭐, 오라버니가 싫다고 하면 할 수 없지."

"그렇다면 그냥 보내 드릴 수는 없겠군요."

피아레가 고개를 가로젓자 가렌트는 돌연 음산한 어조로 말했다. 가렌트가 손을 살짝 흔들자 돌연 주변에 대기하고 있던 메이드들이 표정이 싸늘하게 바뀌었다.

털썩!

"……."

놀란 토끼 눈을 하고 쳐다보던 이리스와 리테가 돌연 흐리

멍덩한 눈을 하고 테이블에 고개를 처박았다.

"움직이지 마십시오."

"큭!"

등을 돌리려던 단테를 향해서 이리스를 껴안은 메이드가 조용한 목소리로 말한다. 메이드는 쌔근쌔근 잠이 든 이리스의 목에 나이프를 갖다 댔다.

"…약을 탔군."

"물론입니다."

이를 부득 가는 단테의 말에 가렌트는 웃으며 고개를 끄덕였다.

"무슨 짓을… 흐읍!"

"피아레."

검지를 힘껏 치켜세우는 피아레를 뒤에서 끌어안은 단테.

"오라버니?"

고개를 갸웃하는 피아레를 향해 단테는 작은 목소리로 속삭였다.

"우선 도망치자."

"네에엣?!"

"일단 내 말 들어."

뒤집어지는 목소리로 묻는 말에도 아랑곳하지 않고 단테는 피아레의 팔을 붙잡고 문을 향해 달렸다.

"자, 잠깐만요옷!"

팔이 붙잡혀 할 수 없이 쫓아가는 피아레.

“아니, 도망치는 겁니까?”

느물느물한 표정으로 소리치는 가렌트의 목소리가 등 뒤로 들려온다.

“쫓아라!”

“…….”

가렌트의 명령에 소리없이 두 사람의 뒤를 쫓는 메이드 아가씨들.

하지만 한발 늦게 움직인 데다가 치렁치렁한 스커트를 입고 있는 상태이다. 스커트 끝자락을 올리고 달린다고 해도 이미 벌어진 거리는 좁힐 수가 없다. 결국 단테와 피아레가 정문의 도개교에 닿았을 무렵에는 차이는 한참 벌어져 있었다.

“파이어 월!”

도개교를 건너자마자 단테는 준비한 기술을 다리에 풀어놓았다.

콰르릉!

두껍게 만들었다고 해도 기본적으로 목재인 다리다. 단테가 날린 파이어 월에 단번에 박살나지는 않았지만, 한 중앙에 커다란 화염 기둥이 솟구치자 타기 시작한 부분부터 시커멓게 연기가 피어오른다.

“쿨럭, 쿨럭!”

별안간 솟구친 시커먼 연기에 갈피를 잡지 못하고 메이드 아가씨들은 쓰러져 기침을 한다.

이걸로 한동안 추격은 불가.

"플라이!"

단테는 그 틈을 노려 피아레를 두 팔로 피아레를 껴안고는 멀찌감치 도망치기 시작했다.

탓!

저공 비행으로 아슬아슬하게 시내에 도착하자 바로 기술을 푼 단테는 안고 있던 피아레를 바닥에 내려주었다.

"좀 더 안고 있어도 되는데."

"이런 순간에 무슨 농담을 하는 거냐?"

빙긋 웃는 피아레를 보며 단테는 투덜거렸다.

"그런데 어째서 도망친 거예요?"

"그러면 우리 병사들을 상대로 싸울까?"

"아!"

어이없어하며 되묻는 단테의 말에 피아레는 아차 싶어 엉겁결에 입을 다문다.

"강경책이라고 해야 할지, 단순히 막나가는 거라고 해야 할지……. 잘못된 방법이라고는 생각하지만, 그래도 나라를 구하고 싶다는 거잖아. 그런 녀석들을 상대로 파이어 볼이라든지, 아이스 스톰을 날릴 수도 없잖아."

"틀려요, 오라버니!"

"으잉?"

"정의가 함께한다면 불도 뜨겁지 않고 물도 두렵지 않습니다! 정의가 있다면 파이어 월을 정통으로 맞아도 반드시 무사합니다!"

“…너같이 위험한 생각을 가진 녀석들이 종교 재판 같은 걸 하는 거야.”

별안간 주먹을 불끈 쥐며 어딘가를 가리키는 피아레를 보며 단테는 한숨을 내쉬었다.

“그것보다, 지금 해야 할 일은…….”

중얼거리며 앞서 걷던 단테의 걸음이 별안간 빨라졌다.

“…오라버니?”

의아한 표정으로 단테를 따라 걷는 피아레.

시내의 한편에 자리 잡은 번화한 시장 안이었다. 오고 가는 사람으로 발길이 분주한 그곳에서 단테는 사람을 밀치며 구석으로 향해 나아가고,

“잠시.”

조용히 목소리를 낮추며 발걸음을 멈춘 곳은 볕이 들지 않는 어두운 골목 안이었다. 단테는 그 한편에서 피아레를 당겨 껴안은 채로 그늘에 몸을 숨겼다.

“…….”

일단은 말없이 단테를 따라 몸을 숨기는 피아레.

소리없이 그렇게 숨어 있기를 얼마나 했을까?

별안간 골목 안으로 허둥대며 뛰어드는 그림자가 있었다. 후드를 머리끝까지 뒤집어쓴 수상한 차림을 하고 있었는데, 자그마한 체구에 드러난 몸매로 짐작하건대 틀림없이 여자였다.

“조용히.”

그녀는 불안한 표정으로 말없이 좌우를 살피다가 별안간 뛰어들어 달려든 단테에게 붙잡혔다. 재빠른 몸놀림으로 한 손을 뻗어 입을 틀어막은 단테.

"소리를 지르면 죽이겠어."

윽박지르며 협박했다.

"알았어?"

"……."

이에 떨며 고개를 끄덕이는 여자.

"좋았어."

단테가 틀어막던 입을 떼자마자 무너지듯 힘없이 바닥에 주저앉았다.

"뒤쫓는 것치고는 어설프던데, 넌 누구지?"

차가운 어조로 묻는 말에 여자는 천천히 고개를 돌려 단테를 쳐다보더니,

"…단테 왕자님."

그렇게 말하며 쓰고 있던 후드를 뒤로 젖혔다.

나이는 20대 중반 정도일까? 커다란 안경을 쓰고 까만 머리를 단정히 틀어 올린 미인이었는데, 단테는 그 얼굴이 어딘가 낯이 익다고 생각했다.

"…누구?"

"저예요, 마리아."

그렇게 말하며 조용히 한숨을 내쉬는 여자는 가렌트와 함께 쿠데타를 일으켰던 수석 마도사, 마리아였다.

마리아의 안내를 받아 도착한 곳은 시내의 중심에 자리 잡고 있는 일반 주택이었다. 시내 외곽에 있는 집 대신에 피곤할 때 이따금 마리아가 사용한다는 자그마한 방이라고 한다. 하지만 안으로 들어가 보니 먹다 남긴 음식이라든지, 이불이 구겨져 있다든지, 누가 봐도 엉망진창인 방이었다.

"최근에 조금 바빠서."

아하하, 하고 멋쩍게 웃는 마리아를 따라서 방에 들어간 피아레와 단테.

"차 드세요."

발에 밟히는 것은 대충 걷어차서 밀어낸 마리아는 찻잔에 차를 담아 테이블 위에 올린다.

"……."

찻잔 가장자리에 묻은 립스틱 자국을 말없이 쳐다보는 단테.

"종류는 몇 없지만."

엄청 싫어하는 단테의 표정을 눈치 채지 못하고 마리아는 웃으며 필요없는 설명을 해준다.

"그래도 단테님이 좋아하시는 블랜드랍니다."

"고마워."

상황이 여기에 이르면 싫어도 찻잔을 들 수밖에 없다.

"…잘 마실게."

단테는 표정을 억지로 감추며 립스틱이 묻지 않은 부분을 찾아서 차를 마셨다.

"……."

…하지만 엄청 달고.

"헤에에."

미묘한 표정으로 잔을 든 채로 고개를 돌리는 피아레.

"왜 그러세요, 피아레님?"

"맛있어!"

"……."

"그쵸, 그쵸?"

"엄청 단 게 참 좋아."

마음이 맞아 즐거워하는 두 사람을 보며 단테는 쓸쓸한 마음에 시선을 돌린다.

"아참! 이럴 때가 아니지요."

문득 생각난 표정으로 마리아는 손뼉을 마주치며 말했다.

"단테님과 피아레님은 무슨 용무로……."

"가렌트가 부른 거야."

"…역시."

단테의 대답에 마리아는 턱에 손을 갖다 대고는 천천히 고개를 끄덕였다.

"무슨 일이 있던 거야?"

"네."

피아레의 질문에 마리아는 어두운 표정으로 천천히 고개를 끄덕였다.

"그분이 돌아오셨습니다."

"……."

한숨을 내쉬며 덧붙이는 마리아의 말에 단테는 말없이 머리를 긁적이더니 이윽고 씁쓸한 미소를 지었다.

"포르테 형?"

"…네."

단테의 말에 무겁게 고개를 끄덕이는 마리아.

"역시."

그 말에 단테는 힘없이 어깨를 축 늘어뜨렸다.

가렌트의 흑막이라고 하면 뻔할 뻔 자로 포르테 형이라고 생각한 단테였다. 하지만 마리아를 통해서 그 이름을 실제로 들으니, 어찌해야 할지 갈피를 잡기 힘든 단테였다.

"큰오빠가?"

깜짝 놀라서 눈을 동그랗게 뜬 피아레.

"큰오빠가 무슨 일을 벌이는 거야?"

"가렌트 수상이 부추겼어요."

다그쳐 묻는 말에 마리아는 담담한 어조로,

"때마침 소피아 황녀가 부재중이라고 하지요? 이 틈을 노려서 제다우디를 치실 생각인 듯합니다."

"하아!"

그 말에 노골적으로 단테는 한숨을 내쉰다.

"소피아 황녀가 부재중이라고는 해도……."

"어렵겠지요?"

“그래.”

마리아의 질문에 단테는 천천히 고개를 끄덕였다.

“어려운 정도가 아니야. 소피아 황녀의 비중이 크다고는 해도 제다우디는 멜로디처럼 허술한 조직 구조가 아니라고. 멜로디 왕국의 전 병력을 투입한다고 해봤자 기껏 수천. 그것으로는 국경을 넘기도 힘들걸.”

“아니요.”

단테의 말에 웬일인지 고개를 가로젓는 마리아.

“수도까지는 무혈입성이 가능합니다.”

“무슨 소리를 하는 거야? 그 병력으로 그런 게 가능할 리가 없잖아. 다들 모르고 있다면 모를까?”

질린 표정으로 중얼거리던 단테는 문득 떠오른 생각에 손가락을 딱! 하고 튕겼다.

“설마 게이트 존이?”

“네.”

탄성을 지르는 단테를 보며 마리아는 고개를 끄덕였다.

“멜로디 왕국의 성에서 제다우디의 수도까지, 단숨에 이동할 수 있는 게이트 존이 있습니다.”

“이런!”

마리아의 설명에 단테는 안색이 새파래진다.

게이트라는 것은 멀리 떨어진 어떤 장소로 공간을 이동하게 해주는 마술을 일컫는 말이다. 출발점과 도착점의 공간을 마술로 연결해서 단숨에 이동하게 해주는 편리한 이 마술은 제다우디와 멜로디 왕국처럼 국경이 맞닿은 거리라면 눈 깜짝할 사이에 도착할 수 있는 것이다.

"하지만 게이트 존은 군사적으로 이용이 가능해서 어느 나라나 철저하게 감시하고 있잖아. 그걸 제다우디가 놓칠 리가 없을 텐데."

"통상적인 방법이라면 그렇겠지요. 하지만 그만큼 마도도 발달하니까요. 저희 쪽에서 단기간이라면 눈치 채지 못하게 게이트 존을 열 수 있는 방법을 개발했습니다."

"……."

이어지는 전(前) 수석마도사, 마리아의 설명에 단테는 말없이 테이블에 머리를 박고,

"무슨 짓을 저지른 거야앗!"

"아앗! 단테니이이임!"

이윽고 울컥 화를 토하는 단테에게 멱살이 잡힌 채로 울음을 토하는 마리아.

"저희도 그걸 그렇게 쓸 줄 몰랐어요! 애초에 의도는 그런 게 아니었어요오오!"

"그러면?"

"단순히 운반 수단으로 생각한 게이트였어요! 그런데 그게 결국 이렇게 큰일을……."

"그런데 오라버니."

"왜?"

"병력을 이끌고 단숨에 수도로 쳐들어가면 제다우디의 점

령이 가능하지 않아요? 수도에는 군대가 없잖아요."

"…그거야 그렇지."

피아레의 질문에 단테는 턱을 괸 채로 시큰둥한 어조로 말했다.

"반란의 위험이 있으니까 어느 나라든 수도에 군대를 주둔시키지는 않아. 수도 방위 병력이라고 해봤자 왕족의 친위대로 기껏 수백 이내 정도일까? 확실히 그 병력이라면 멜로디 전 병력을 동원하면 이길 수는 있겠지. 하지만 그게 무슨 의미가 있겠어? 수도를 점령하고 농성을 한다고 해도 소피아 황녀가 병력을 이끌고 돌아오면 아마 반나절도 못 버틸걸."

"반나절도……."

"병력을 이끌고 쳐들어갔다면 장난으로 끝날 문제가 아니야. 아마 멜로디 왕국은 그날로 사라지겠지."

"하지만, 오라버니! 먼저 병력을 이끌고 쳐들어온 것은 제다우디잖아요. 그렇다면 우리 쪽도 한번쯤은……."

"이것 보세요, 동생 씨."

팔을 바둥거리며 떠드는 피아레에게 단테는 노골적으로 한숨을 내쉬었다.

"처한 입장이 다르다고."

"윽!"

더 이상 떠들 가치가 없다는 듯 손사래를 치는 단테의 반응에 피아레는 얼굴이 새빨갛게 달아올랐다.

"하지만 오라버니이이!"

"마리아."

달려드는 피아레를 무시한 채로 시선을 돌린 단테.

"게이트 존은 어디에 있지?"

"마도 연구소에 있어요."

"그걸 파괴하면 되겠지."

마리아의 대답에 단테는 턱을 괸 채로 가볍게 말하고,

"…가능할까요?"

"할 수밖에 없잖아."

메마른 어조로 묻는 마리아의 말에 단테는 테이블에 머리를 기댄 채로 한숨을 내쉬었다.

"세 사람으로 어찌할 방법이 있겠어? 일단은 게이트 존을 파괴하고 형의 설득은 그다음으로 할 수밖에."

쓰게 웃으며 중얼거리듯 단테가 말하자 말없이 쳐다보는 마리아.

"그런데, 단테님."

이윽고 조용한 어조로 말했다.

"왜?"

"일행이 잡혔다고 하지 않았어요?"

이어지는 말에 피아레와 단테는 서로를 마주 보고,

"괜찮죠?"

"상관없어."

이윽고 의견의 일치를 보고 고개를 끄덕인다.

"정의를 위해서 한목숨 희생하는 것은 누구라도 바라 마지 않는 일이니까!"

　힘차게 파이팅 포즈를 취하며 테이블에 한쪽 다리를 얹고
외치는 피아레.

　"본인의 의지와는 상관없이."

　단테는 히죽 웃으며 덧붙인다.

　"그, 그런가요?"

　"물론이지."

　질려하는 마리아의 중얼거림에도 단테는 가볍게 말한다.

　"그렇게 결정했으면 습격은 오늘밤으로."

　"라이팅, …홉!"

　"하지 마, 이것아!"

　허공에 빛을 떠올려 조명을 삼으려던 피아레의 입을 허겁지
겁 틀어막은 사람은 단테였다.

　"왜 방해하세요, 오라버니?"

　"그걸 말이라고 하냐, 네 녀석은!"

　눈을 동그랗게 뜨고 되묻는 말에 단테는 울컥해서 받아친
다.

　"두 분 모두, 목소리를 낮춰주세요오오."

　발끈하며 일어선 단테와 피아레의 소매를 당긴 마리아는 울
며 매달린다.

　마도 연구소 중에 외곽에 자리 잡은 건물의 옥상이었다. 가
까운 위치에 게이트 존이 있다는 건물이 바로 보인다.

단테 일행이 어둠을 틈타 숨어든 것은 불과 얼마 전.

옥상에 납작 엎드린 채로 사람이 오가는 것을 끈질기게 살피던 중에 지루함을 참지 못한 피아레가 난리를 피우기 시작한 것이다.

"잠깐만."

오가는 말싸움 와중에 별안간 단테가 손을 들어 올렸다.

"수고해."

"수고했어."

때마침 보초가 바뀌는 시간이었다.

"기다려."

손을 들어 피아레와 마리아에게 경고를 주고 단테는 그대로 옥상 아래로 뛰어내린다.

"플라이."

2층 정도 높이에서 마술의 힘으로 허공에 정지한 단테. 두 손을 펼쳐 아래를 향하고는 눈치 채지 못하고 멍하니 정면을 바라보는 두 보초의 위에서 주문을 풀었다.

"슬립."

별안간 터진 주문에 무방비로 당한 두 명의 보초.

"하아암."

"…어라?"

둘은 느닷없이 쏟아지는 졸음에 견디지 못하고 그대로 고꾸라져 잠이 들었다. 단테는 쓰러진 남자의 뺨을 두드려 보고는 완전히 잠든 것을 확인하고 옥상을 향해 손을 흔들었다.

"내려가죠, 피아레님."

"응."

단테의 신호를 확인하자 마리아와 피아레는 옥상에서 뛰어내려 주문을 이용해서 천천히 아래로 내려왔다.

"시작하자."

단테가 그렇게 말한 그 순간!

"컨티뉴얼 라이트!"

파아아앗!

별안간 허공에 빛이 터진 것은 그때였다.

"단테에에에엣!"

느닷없이 울려 퍼지는 익숙한 목소리.

"아이리스!"

상공에서 천천히 내려오는 자그마한 그림자를 보며 단테는 소리쳤다.

"단테니이이임!"

그 옆에서 훌쩍거리며 부르는 사람은 역시나 리테.

허공에서 둥실둥실 떠서 내려오는 아이리스와 리테의 뒤에는 병사들이 조금씩 접근을 하며 단테 일행을 둘러싸고 거리를 좁히기 시작했다.

"으흐흐흐!"

아이리스는 스스로 팔짱을 낀 채로 음습한 표정으로 웃더니 별안간 검지를 치켜세우며 단테를 가리켰다.

"잘도 우리를 버렸겠다아아앗!"

냅다 소리치는 말에 단테는 상큼한 미소를 지으며,

"미안."

몹시도 가벼운 어조로 사과한다.

"너 임마! 지금 장난해?"

"그래요! 우리를 어떻게 버릴 수 있어요오!"

울컥해서 포효하는 아이리스와 그 옆에 매달려 울먹거리는 리테.

"단테님!"

"어떻게 하죠, 오라버니?"

매달리며 묻는 마리아와 피아레의 말에 단테는 머리를 긁적거리더니 이윽고 오른손을 허공으로 치켜 올렸다.

"브레이크."

단테는 중지와 엄지를 딱! 하고 튕겼다. 동시에 매우 불길한 빛으로 리테의 머리핀이 빛나기 시작했다.

"히이이익!"

그것이 무엇을 의미하는지 깨달은 아이리스의 표정이 무섭게 바뀌고,

"리테!"

콰르르르릉!

아이리스가 뻗은 손이 닿기도 전에 머리핀은 대폭발을 일으켰다.

"우아아아앗!"

느닷없는 화염 폭풍에 리테와 아이리스의 등 뒤로 서 있던

병사들이 고스란히 휘말린다. 춤을 추듯 넘실거리는 불길한 화염 기둥.

"사, 살려줘……."

"우아아아아아……."

끔찍한 불꽃이 수그러들고 바람이 가라앉았을 즈음에는 흙먼지에 뒤덮인 채로 꿈틀거리는 병사들이 보인다. 물론 그 중심에는 폭발에 정면으로 휩쓸려 제대로 익은 리테와 아이리스가 있다.

"히이이이잉……."

두 뺨에 눈물을 주르륵 흘리며 꿈틀거리는 리테.

"영차!"

단테는 땅에 묻힌 리테를 잡아서 끌어낸다.

"…아파요오오오."

원망에 찬 눈동자를 하며 리테는 훌쩍거린다.

"리테."

시선이 마주치자 단테는 억양이 없는 어조로 말한다.

"또 그러면 나, 진심으로 화낼 거야."

"다시는 안 그럴게요오오!"

싸늘한 표정으로 무표정하게 웃는 단테를 보며 겁에 질려 힘차게 고개를 가로젓는 리테.

"오케이."

만족한 표정으로 고개를 끄덕이더니 이번에는 이리스가 묻혀 있는 곳으로 간다.

"영차!"

엉망진창으로 당해 깊숙이 파묻힌 이리스를 끌어낸 단테.

"아이리스."

상냥하게 부르는 말에 아이리스의 몸이 순간 움찔한다.

"일어나지 않으면 영원히 재워줄 거야."

"일어났다요! 이리스는 일어났다요!"

그 말에 별안간 번쩍 눈을 뜨는 이리스.

"…이리스?"

"이리스다요!"

눈살을 찌푸리며 중얼거리는 단테의 말에 이리스는 힘차게 고개를 끄덕인다.

"…호오."

그 반응에 몹시도 재미있어하며 눈을 가늘게 뜬 단테. 씨익 입가를 끌어올린 채로 웃는 모습이 허공에 뜬 마도로 만들어진 불빛에 반사되어 엄청 무섭게 보인다.

"상관없겠지 뭐."

그렇게 말하며 단테는 이리스의 양쪽 입가를 손가락으로 쭈욱 잡아당겼다.

"잘 들어, 꼬마 아가씨."

공포에 질린 눈을 하고 벌벌 떠는 이리스의 두 눈을 똑바로 바라보며 분명한 어조로 말한다.

"내가 누구를 배신할지는 몰라도, 남이 나를 배신하는 것은 절대로 용서 못해."

"안 한다요! 이리스, 배신 안 한다요!"

그 말에 눈물, 콧물을 흘리며 고개를 힘차게 좌우로 젓는 이리스.

"…오라버니."

한숨을 내쉬는 피아레의 말에 단테는 비로소 자리에서 일어선다.

"안내해."

눈을 부릅뜬 단테의 무서운 표정에 마리아는 시선을 피한 채로 앞장서 걷기 시작했다.

마리아를 쫓아 들어선 연구소는 캄캄한 암흑이었다.

"라이팅."

허공에 주문을 풀어놓는 마리아.

팟!

바로 앞에 희미한 불빛이 둥실 떠서 앞서 걷는 마리아의 걸음에 맞춰 앞으로 나아간다.

"한바탕 소동이 일어난 것치고는 조용한데."

"그 경비가 다였나 봐요."

"안심하기는 아직 일러."

피아레의 말에 단테는 고개를 가로저으며 말했다.

"그런데, 게이트 존은 어디에 있지?"

"이쪽으로 쭈욱 따라가면 나옵니다."

긴장된 표정으로 마리아가 대답한다.

그녀의 말을 마지막으로 일행의 대화가 뚝 끊긴다. 말없이 떠오른 불빛에 의존해서 복도를 걷는 일행. 몇 차례 복잡한 골목을 돌아서서 마침내 마리아의 걸음을 멈추었다.

"여기입니다."

그렇게 말하고 마리아는 먼저 문을 열고 들어가고,

끼이익!

장치라도 된 것인지 그녀가 들어가자마자 다시 닫히는 문.

서둘러 문고리를 잡고 단테는 마리아를 따라 들어간다. 바로 앞에 보이는 희미한 빛을 쫓아 모두 안으로 들어가자 문은 다시 낡은 소리를 내며 닫힌다.

팟!

그 순간 길을 밝히던 빛이 별안간 사라졌다.

"물러서!"

느닷없이 벌어진 일에 단테는 낮게 소리치며 뒤따르던 피아레를 껴안은 채로 옆으로 구른다.

"컨티뉴얼 라이팅!"

훌쩍 물러서서 거리를 벌린 단테는 허공에 빛을 풀어놓았다.

파앗!

눈부신 빛을 뿜어내며 어둠이 밀려 나간다. 동시에 저편에서 등장한 시커먼 그림자의 무리. 장검을 늘어뜨린 채로 관두의로 머리까지 뒤집어쓴 모습으로 언뜻 보이는 것은 무표정한 눈동자뿐이었는데, 그 중앙에는 놀랍게도 방금 사라졌던 마리아가 서 있었다.

"마리아!"

이를 빠드득 갈며 벌떡 일어선 단테는 허리에서 뽑아 든 브로드 소드로 마리아를 가리켰다.

"배신을!"

"아니요."

발끈하는 단테를 보며 마리아는 침착한 표정으로 고개를 가로저었다.

"이럴 때는 이렇게 말하는 거랍니다. 함정에 빠졌다, 라고."

빙긋 웃으며 그렇게 말하는 마리아를 보며 단테는 낮게 신음했다.

"…어째서 이런 일을 돕는 거지? 마리아라면 이게 얼마나 말이 안 되는 계획인지 모르지 않을 텐데!"

"뭐, 그건 아무래도 괜찮아요."

마리아는 자신의 뺨에 손을 얹은 채로 가만히 고개를 기울이며 말했다.

"포르테 왕자님과 약속했거든요."

"…약속?"

"단테님을 제게 주기로."

의아해하는 단테를 보며 마리아는 입술을 할짝거리며 그렇게 말했다.

"……"

가자미눈을 한 채로 단테는 마리아를 쳐다보았다.

"아얏! 그런 눈으로 저를 쳐다보시지 마세요. 너무 좋아서 숨이 멎을 것 같아요."

뺨을 붉히며 어쩔 줄 몰라 하는 마리아의 말에 단테는 힘없이 무너진다.

"이 변태!"

대신해서 검지를 치켜세우며 피아레가 소리친다.

"시끄러워요! 적어도 피아레님에게는 그런 소리 듣고 싶지 않으니까."

"뭐이라!"

헐뜯기 시작한 마리아와 피아레는 불꽃을 튀기고,

"단테님은 이상한 사람들에게 사랑 받네요."

"…하아."

어딘지 기묘한 표정의 리테의 말에 단테는 한숨을 내쉬며 벽에 머리를 갖다 댄다.

"우후후! 잔뜩 귀여워해 드릴게요, 단테님."

그렇게 말하며 훌쩍 뒤로 물러선 마리아.

"처치해!"

외치며 내뻗은 손에 맞춰 마주 보고 서 있던 그림자들은 얼굴을 가리고 있던 후드를 뒤로 젖혔다. 비로소 드러난 놈들의 모습에 단테 일행은 돌연 몸이 굳어버렸다.

무표정한 얼굴로 걸어나오는 수많은 단테를 보고.

"어느 쪽이 진짜인가요오오?"

“그걸 말이라고 하냐!”

별안간 등장한 수많은 단테를 보고 돌연 패닉에 빠지는 리테의 뒤통수를 단테는 가차없이 후려친다.

“저게 뭐다요?”

“인형이야.”

소매를 당기며 묻는 이리스의 말에 단테는 한숨을 내쉬며 대답해 주었다.

“인형?”

“호문클루스의 제조법을 이용해서 인간과 비슷한 형태를 만든 뒤에 저급한 유령을 덧씌우면 저렇게 움직이는 인형을 만들 수 있어.”

“달라요, 단테님.”

지긋지긋하다는 표정으로 떠드는 단테의 말에 바로 태클을 건 것은 마리아였다.

“유령을 씌운 것이 아니에요. 오리지널의 카피예요. 제가 가진 모든 마도를 이용한, 단테님의 훌륭한 복제랍니다.”

가슴을 활짝 펴고 엄청 잘난 척 떠드는 마리아.

“예전에 쓰셨던 단테님의 방을 청소하고, 또 청소해서! 그렇게 모은 머리카락 등등으로 만든 거라고요. 애정이 잔뜩 들어 있답니다.”

“그런 애정, 필요없어!”

부끄러운 듯이 두 뺨에 손을 얹은 마리아를 보며 단테는 절규한다.

"…머리카락 등등?"

"뭐가 더 있다요?"

"무슨 의미일까요오?"

하지만 다른 의미로 깊게 고민하기 시작하는 피아레를 포함
한 세 사람은 흥미진진한 표정으로 두 눈에 별이 반짝반짝해
서는 단테를 쳐다본다.

"…적당히 좀 하라고."

자신의 관자놀이를 손으로 짚으며 단테는 한발 앞으로 나선
다.

정면에는 단테의 호문클루스가 다섯이 있었는데 단테와 판
박이인 얼굴을 했지만 자세히 보니 전부 다른 색으로 머리 염
색을 하고 있었다.

"어째서 머리 색깔이 다르지?"

"개성이 있으라고 특별히 머리 염색을 달리했답니다."

뒤통수를 긁적이며 묻는 말에 마리아는 명랑하게 말하고,

"붉은 머리의 단테님이 레드이고, 검은 머리의 단테님이 블
랙, 그리고 녹색……."

"그, 그만 해!"

즐거운 듯이 말하는 마리아의 설명에 단테는 브로드 소드에
기댄 채로 비틀거린다.

콰르르릉!

그 순간, 느닷없이 단테와 마리아 사이에 불꽃 기둥이 솟구
쳐 오르며 붉은 머리의 단테는 칼을 수평으로 세우고 앞으로

나와서 포즈를 취했다.

"레드!"

그리고 그 옆에 달라붙는 검은 머리와 파란 머리.

"블랙!"

"블루!"

레드의 좌우에 선 채로 들고 있던 브로드 소드를 허공으로 치켜 올리며 한쪽 다리를 들고 힘차게 외친다.

"그린!"

"옐로우!"

가장 가장자리에 붙어 무릎을 꿇은 채로 브로드 소드를 바닥에 꽂는 녹색 머리와 금발. 자세를 잡으며 힘있게 외치며 다섯 명의 포즈가 바뀐다.

"이렇게 모여서 단테 전대!"

"우아아아앗!"

때를 맞춰 팔을 수평으로 세워 보이는 다섯 호문클루스를 보며 단테는 머리를 감싸쥔 채로 허물어진다.

"무섭다요!"

"똑같아서 더 무서워요오오!"

서로를 껴안은 채로 어쩔 줄 몰라 하는 리테와 이리스.

"고, 곤란하네요."

입가에 경련을 일으키며 피아레는 삐질거리며,

"…오라버니와 똑같은 얼굴을 없앨 수도 없고."

힘없이 어깨를 떨구며 중얼거리는 말에 마리아는 엄청 거들먹거리며 웃음을 터뜨린다.

"바로 그렇답니다! 자신과 똑같은 사람을 상대로 과연 싸울 수 있겠습니까, 단테님?"

"웃기지 마!"

하지만 그 말을 비웃기라도 하는 듯 바로 힘있는 말을 풀어내는 단테.

"라이트닝 볼트!"

콰르릉!

새하얀 빛줄기가 단테의 손바닥에 떠올랐다 싶더니 순식간에 호문클루스를 노리고 날아갔다.

"라이트닝 볼트!"

동시에 정면으로 나선 붉은 머리의 단테, 레드가 손바닥을 정면으로 펼친 채로 힘있는 말을 외친다. 느닷없이 허공에 떠오른 또 하나의 라이트닝 볼트는 단테가 쏘아낸 것과 맞부딪쳐 상쇄되었지만 그 여파로 사방으로 번개를 튀어냈다.

"꺄아아!"

"실드!"

머리를 감싸쥐는 마리아를 정면에서 감싸며 달려온 것은 그린.

콰앙!

별안간 그린의 정면에 불투명한 막이 펼쳐지며 쏟아지는 스파크를 튕겨내고,

"매직 미사일!"

"매직 미사일!"

그 앞을 막듯 달려온 블랙과 블루가 두 팔을 정면으로 펼친 채 외친다!

쿠르르릉!

힘있는 말에 부응하여 별안간 허공에 떠오른 여섯 발의 매직 미사일! 그것은 주력에 힘있어 부르르 몸을 떨며 허공에 억지로 고정되어 있다.

"가랏!"

매직 미사일이 구현된 것을 확인하자 바로 외치는 블루!

세 발의 매직 미사일이 번개와 같은 속도로 단테를 향해 쏟아져 나간다.

타앗!

때맞춰 앞으로 달리기 시작한 단테.

"하아아아앗!"

양손으로 굳게 잡고 있는 브로드 소드를 치켜 올리며 떨리는 어조로 기합을 넣는다. 동시에 평범한 브로드 소드가 새하얀 빛으로 희미하게 빛나기 시작하고,

"하압!"

들고 있던 검으로 무겁게 쇄도하는 세 발의 매직 미사일을 불규칙한 궤도를 그리며 후려친다.

퍼어엉!

커다란 폭발을 일으키며 허공에서 사라지는 세 발의 매직 미사일.

그러나,

"지금이다!"

이때를 기다렸다는 듯이 블랙이 소리친다.

휘릭!

그러자 지금까지 강제로 붙들려 있던 매직 미사일이 기다렸다는 듯이 부르르 떨며 별안간 사라졌다 싶더니 느닷없이 단테의 눈앞에 떠올랐다!

"크윽!"

공간을 도약해 올 것이라고는 생각지 못한 단테는 허겁지겁 뒤로 뛰며 검을 끌어 올려보지만 세 발의 매직 미사일은 코앞까지 다가와 있었다.

"실드!"

퍼어어엉!

하지만 때마침 떠오른 새하얀 빛의 방패에 붙들려 무시무시한 폭음과 함께 소멸되는 매직 미사일!

"덕분에 살았어!"

단테는 등 뒤로 오른손을 치켜들어 피아레에게 고마움을 표시하고 땅을 박차고 달렸다. 목표로 하는 것은 마리아를 보호한 채로 실드를 펼치고 있는 그린!

"하아앗!"

기합을 넣으며 내달리는 단테를 보며 그린의 안색이 새파랗게 변한다.

"파이어 월!"

때마침 달려온 옐로우가 두 팔을 펼쳐 기술을 풀어낸다.

콰아앙!

눈앞에 펼쳐지는 시뻘건 화염 기둥이 정면을 가린다.

"라이트닝……."

멈칫하는 틈을 노려서 기술을 준비하는 것은 단테의 뒤편으로 달려오는 블랙! 두 손을 허리에 당긴 채로 오므린 손바닥에 번개가 방전을 일으키며 모이기 시작한다.

하지만,

"늦어!"

뛰어오던 기세를 이용해서 바닥을 박차고 방향을 전환한 단테는 곧장 블랙에게 달려든다. 이에 예상치 못한 블랙은 허겁지겁 손을 정면으로 내뻗지만,

"그리스!"

블랙의 발을 노리며 단테의 주문이 터진다.

"우왓!"

별안간 기름칠이라도 한 듯 미끄러운 바닥에 크게 헛발을 짚는 블랙.

퍼억!

단테의 참격이 자세를 잃은 놈을 놓치지 않고 가차없이 후려친다.

"크아악!"

처참한 비명을 지르며 블랙은 힘없이 바닥을 나뒹굴었다.

"흥!"

단테는 시선을 돌린다.

"으윽!"

느닷없이 동료가 당하자 후닥닥 뒤로 물러서서 자세를 자는 나머지 호문클루스. 파이어 월로 천장까지 태울 듯 솟구친 화염도 어느덧 사그라져 있었다.

"준비는 되었겠지?"

새하얀 빛으로 번뜩이는 브로드 소드를 치켜 올린 단테를 보며 호문클루스는 서로 시선을 교환한다.

"하아아앗!"

기합과 함께 호문클루스의 브로드 소드에도 새하얀 빛이 뿜어져 나오기 시작했다.

"우습게보지 마세요, 단테님! 이쪽도 학습은 합니다!"

호문클루스의 보호를 받으며 훌쩍 뒤로 물러선 마리아가 소리치고,

"피아레, 리테를!"

단테가 고개조차 돌리지 않고 소리친다.

"알았어요, 오라버니!"

달리기 시작한 단테를 향해 고개를 끄덕인 피아레.

"레이저!"

그렇게 외치며 리테의 뒤통수를 후려친다.

"꺄악!"

리테의 눈앞에 차원의 균열이 생겼다 싶더니 그것은 이윽고 시커먼 점으로 변하며 파동이 되어 출렁거리기 시작했다.

콰르르르르르르!

거대한 레이저 브레스가 아슬아슬하게 단테를 스쳐 호문클루스에게 쏟아진다!

"피해!"

하지만 재빨리 좌우로 흩어지는 호문클루스. 마리아를 껴안고 물러선 옐로우를 보호하듯이 그린과 블루가 그 앞을 가로막으며 레드가 달리기 시작한다.

그러나,

"파이어 볼!"

레이저 브레스로 상태를 흩뜨린 뒤에 놓치지 않고 레드를 향해 달려가는 단테의 손바닥에 새빨간 불꽃이 넘실거렸다.

"하아앗!"

스냅을 넣어서 후려친 파이어 볼은 허겁지겁 브로드 소드를 치켜 올리던 레드의 브로드 소드에 작렬!

퍼어어어엉!

즉, 피할 사이도 없이 연소된 것이다.

"크으윽!"

폭발하여 사방으로 흩어지는 후끈거리는 열기에 힘없이 무릎을 꿇는 레드.

스르릉!

코앞까지 다가온 단테가 치켜 올린 브로드 소드가 붉게 물든 이곳에서 차갑게 새하얀 빛을 내뱉는다.

그것은 그대로 레드의 목을 노리고,

“파이어 볼!”

후려치려는 그 순간에 블루가 달려오며 주문을 내던진다. 동시에 뒤편에서 거리를 좁히며 그린이 뛰기 시작한다!

“통할 것 같냐!”

거칠게 소리치며 단테는 파이어 볼을 브로드 소드로 후려친다.

“그리스!”

하지만 때마침 그린이 풀어낸 주문이 단테가 딛고 있는 바닥을 바꿔 버렸다.

“우왓!”

크게 헛디디며 뒤로 나동그라지는 단테.

“끝이다!”

환희를 담아 소리치며 그린은 브로드 소드를 높이 치켜 올렸다.

“어스퀘이크!”

콰아아아앙!

그러나 때마침 피아레가 준비한 기술이 터져 나오고, 바닥은 마치 파도처럼 요동치기 시작했다.

“우아아아앗!”

별안간 벌어진 일에 자세를 놓치고 쓰러지는 호문클루스 여러분.

“레비테이션!”

그 틈을 놓치지 않고 단테는 재빨리 주문을 풀어 둥실 떠올라서는 요동치는 바닥에 왼손을 갖다 댔다. 중얼중얼 알아들을 수 없는 말을 떠들기 시작한 단테의 왼손이 오렌지 빛으로 빛나기 시작했다.

"컨쥬어!"

척하니 바닥을 짚은 손바닥을 타고 갈래로 흩어진 빛이 뱀처럼 스며들어 후물거린다.

단테는 외쳤다.

"노움!"

콰아아아아아아앙!

동시에 피아레의 힘있는 말에 부응하여 살아 있는 것처럼 요동을 치던 바닥이 별안간 하나의 거대한 송곳처럼 뾰족하게 솟구쳐 오르기 시작했다. 그것은 천장에 닿을 듯이 거침없이 치솟았다가 이내 우박처럼 돌변해서 무시무시한 기세로 내리퍼붓기 시작했다.

"우아아아아앗!"

별안간 쏟아지는 토사에 휩쓸려 허우적거리는 호문클루스. 모든 것이 끝났을 때에는 하나같이 머리만 내놓은 채로 바닥에 파묻혀 볼품없는 모습을 하고 있었다.

"끝난 건가요?"

"아니."

재빨리 피아레가 펼친 방어막 안에서 우물쭈물 묻는 리테의 말에 단테는 무표정한 얼굴로 고개를 가로저었다. 그의 시선의 끝에는 마리아를 껴안은 채로 허공에 둥실 떠 있는 금발 머리의 옐로우가 있었다.

"…흐응."

재미없다는 표정으로 낮게 혀를 찬 옐로우. 맛이 간 얼굴로 퀭한 눈을 하고 시선을 피한 동료들을 보며 과장된 표정으로 어깨를 으쓱했다.

"과연 내 오리지널."

옐로우는 주문을 풀어 바닥으로 내려왔다.

"이 몸의 상대로 부족함이 없군."

그렇게 말하며 눈을 가늘게 뜬 채로 손가락을 세워 흐트러진 머리칼을 매만졌다.

"과, 과연 단테님!"

옐로우의 뒤에 서 있던 마리아.

"하지만 옐로우는 다르답니다! 쉽게 생각하셨다가는 큰코 다치실 거예요!"

"물러나십시오, 마리아님."

떨리는 어조로 외치는 마리아를 가로막으며 한 걸음 앞으로 옐로우가 걸어나온다. 그는 긴장된 표정으로 힐끗 마리아를 쳐다보더니 돌연 들고 있던 브로드 소드를 던지며 단테를 향해 달리기 시작했다.

"윽!"

날아오는 브로드 소드를 피하며 서둘러 뒤로 물러서는 단테를 향해 낮게 상체를 수그린 채로 파고드는 옐로우! 다리를 노린 듯 재빠른 몸놀림으로 두 손을 뻗으며 접근하자 단테는 서둘러 몸을 빼려 했다.

"하아앗!"

그러나 한발 늦었다! 온몸으로 태클을 먹이며 다리를 붙잡은 옐로우의 기세에 단테는 우당탕 뒤로 나뒹굴고 말았다.

"이 자식!"

"용서해 주세요오오오!"

아픈 머리를 한 손으로 감싸며 다른 손으로 비껴 들고 있던 브로드 소드를 치켜 올리는 그 순간, 다리에 매달린 옐로우가 별안간 울음을 터뜨린 것은 그때였다.

"살려주세요, 용서해 주세요! 같은 얼굴을 하고 있잖아요, 형제 같은 거잖아요! 때리지 마세요, 아프다고요오오!"

"……."

눈물을 펑펑 쏟으며 매달리는 옐로우를 다리에 매단 채로 단테는 말없이 마리아를 쳐다보고,

"그러니까 옐로우는 겁이 많답니다……."

쓸쓸한 표정으로 시선을 피하며 마리아는 중얼거렸다.

"이틈에 마리아님!"

느닷없이 머리를 번쩍 치켜든 옐로우.

"도망치세요오오오오!"

"알았어!"

단테의 다리를 꼬옥 부여잡은 채로 외치는 옐로우의 말에 마리아는 등을 돌린 채로 힘차게 도망치기 시작한다.

"이런!"

"가지 마세요오오오!"

뒤늦게 눈치 채고 일어서는 단테에게 찰싹같이 매달리는 옐
로우.

"떨어져, 이 자식아!"

"싫어요오오오오!"

울며 매달리는 녀석을 퍽퍽 걷어차서 간신히 일어서자마자
필사적으로 다시 달라붙은 옐로우 때문에 그만 중심을 잃고
다시 쓰러지고 말았다. 할 수 없이 옐로우를 다리에 매단 채로
질질 바닥을 기어가는 단테.

"피아레, 쫓아!"

"알았어요!"

서둘러 외치는 말에 피아레와 이리스, 그리고 리테는 망설
임없이 마리아를 쫓아 달리기 시작했다. 단테가 그 뒤를 쫓을
수 있게 된 것은 옐로우를 간신히 떼어낸 후, 그러니까 그로부
터 한참의 시간이 지난 뒤의 일이었다.

"어디로 간 거야?"

투덜거리며 단테가 걷는다.

마도 연구소 부지 내의 어느 건물. 옐로우를 땅에 파묻고 간
신히 빠져나왔을 때에는 이미 시간이 엄청 지난 뒤라서 마리
아의 흔적은 도저히 찾을 길이 없었다.

"하아."

마리아를 뒤쫓아간 사람은 피아레와 리테, 그리고 이리스.

깊게 생각할 것도 없이 그중에 뒤따라올 단테를 위해서 표식을 남겨줄 만한 지혜를 갖고 있는 사람은 없다.

결국 아무 단서도 없이 무작정 앞으로 나가는 단테. 캄캄한 연구소 안을 이렇게 정처없이 걷고 있다 보니 피곤만 쌓일 뿐이었다.

"…포기할까나."

귀찮음이 목구멍까지 차 오른 단테.

"실패했다고?"

결국 손놓고 돌아갈까 생각하던 중에 귀에 익은 목소리가 들려왔다. 그것이 가렌트의 음성임을 깨달은 단테는 망설이지 않고 달린다.

골목을 꺾어 들어가 소리가 들린 진원지에 도착한 단테는 어두컴컴한 방 안에서 새어 나오는 희미한 불빛에 상대를 확인했다.

예상대로 가렌트와 대여섯 명의 병사가 있었다.

"좋아."

숫자가 그리 많지 않음을 확인한 단테는 망설이지 않고 문으로 뛰어들며 구성한 주문을 풀어놓는다.

"컨티뉴얼 라이트!"

파앗!

높게 치켜 올린 단테의 손바닥에 빛이 터진다.

"우아아앗!"

어두컴컴한 방 한편에서 별안간 터진 눈부신 빛에 안에서 소리를 높이던 사람들은 눈을 감싸쥐고 비틀거렸다. 그 틈을 놓치지 않고 다음 주문에 들어가는 단테.

"패럴라이즈!"

느닷없이 터진 주문에 피하지도 못하고 눈을 감싸쥐던 병사들은 그대로 몸이 굳었다.

"우왓!"

하지만 뒤에 있었던 가렌트는 시선을 돌리고 있어서 일단 무사. 단테는 허둥대며 도망치려는 가렌트에게 뛰어들었다.

"이를 꽉 깨무시지!"

바닥을 박차고 번쩍 뛰어오른 단테.

"자, 잠깐… 컥!"

퍼억!

허겁지겁 도망치려는 가렌트의 턱에 돌려차기가 들어간다.

채 말을 끝내지 못하고 발라당 나자빠지는 가렌트.

"가렌트!"

단테는 쓰러진 가렌트의 멱살을 잡아당겼다.

"어째서 이런 일을 꾸민 거지? 그런 걸로 왕국을 되찾을 거라고 생각한 거냐!"

"…불가능하겠지요."

가렌트는 고개를 끄덕였다.

"뭐?"

그 말에 어이없어하는 단테.

"이 모든 게 포르테 형이 꾸민 거냐!"

“크흐흐.”

단테를 보며 가렌트는 기묘한 미소를 지었다.

“…단테 왕자님이 거기까지 아셨다니 할 수 없군요. 하지만 그건 좀 다릅니다.”

“그러면?”

“그 대부분은 제가 꾸민 일이지요. 그분은 그저 한말씀만 하셨을 뿐입니다.”

“…무슨?”

거칠게 멱살을 당기는 단테를 향해 두 손을 살짝 치켜 올린 가렌트.

“ ‘단테는 틀렸다’ 라고.”

이윽고 조용히 미소 지으며 덧붙이는 말에 단테는 그대로 할 말을 잃고 말았다.

“……”

멱살을 움켜쥐었던 손이 힘없이 떨어졌다.

“아하하!”

그런 단테를 보며 고개를 뒤로 젖힌 채로 미친 듯이 웃고 있는 가렌트.

“아시겠습니까, 단테 왕자님!”

가렌트는 벌떡 일어서서 열에 들뜬 표정으로 고함을 질렀다.

“그때 저는 깨달았던 것입니다. 이것이야말로 수상의 할 일이라고! 그러니 저는 그 말에 따를 수밖에 없는 겁니다!”

그 한마디에 단테는 우득 이를 악물고,

"웃기지 마, 가렌트! 그런 건 그저 자기 만족에 불과할 뿐이잖아!"

버럭 고함을 지르는 단테를 향해 가렌트는 말없이 왼손바닥을 펼쳐 보인다.

"라이팅!"

펴엉!

"크아아앗!"

가렌트의 힘있는 말에 부응하여 눈앞에 터진 새하얀 빛줄기에 일순간 단테의 눈이 먼다.

"그럼 실례하겠습니다."

커다란 웃음을 터뜨리며 가렌트가 도망친다.

설마 가렌트가 주문을 쓸 줄은 몰랐던 단테는 아픈 눈을 비비며 아픈 두 눈이 회복되기를 기다리며 힘없이 벽에 기댔다.

"제기랄!"

이윽고 간신히 보이기 시작한 시야의 저편에 저 멀리 복도를 돌아서 도망치는 가렌트의 뒷모습이 보였다.

"가렌트으으!"

희미한 어둠 속 저편으로 사라지는 가렌트의 잔영(殘影).

그 끝을 좇아 단테는 달린다.

"허억, 허억!"

10대인 단테와 50대인 가렌트. 체력의 차이는 메울 수가 없어서 거리는 점차 좁혀졌다. 땀을 뻘뻘 흘리며 필사적으로 가렌트가 뛰어든 것은 복도 끝에 자리 잡은 하나의 방이었다.

“철컥!

문을 닫고 재빨리 잠그는 소리가 멀찌감치 떨어진 단테의 귀에도 틀림없이 들려온다.

“노크!”

초를 다투는 상황에 단테는 영창만으로 주문을 터뜨렸다.

퍼엉!

해제라는 속성에 의하여 강제 코드로 문짝의 일부분이 터져 나갔다. 그것을 발로 걷어차며 단테는 안으로 뛰어들었다.

“히이익!”

벌써 여기까지 쫓아온 단테의 모습을 발견하고 깜짝 놀라 뒤로 물러서는 가렌트.

“거기까지다!”

예의 대사를 외치며 단테는 뛴다.

“워프!”

하지만 간발의 차이로 가렌트의 고함이 빨랐다!

콰르르르르!

“우왓!”

별안간 바닥이 요동을 치며 가렌트를 둘러싸고 황금색으로 빛이 출렁거렸다.

“우하하하!”

그 중심에 서서 유쾌한 웃음을 터뜨리는 가렌트.

“한발 늦으셨군요, 단테 왕자님!”

그렇게 외치며 별안간 모습이 흐릿하게 사라지기 시작했다.

"가렌트ㅇㅇㅇㅇ!"

필사적으로 팔을 뻗는 단테.

하지만 일순간 가렌트는 사라지고 단테의 손은 헛되이 허공을 갈랐다.

"빌어먹을!"

부득 이를 갈며 그대로 주저앉은 단테.

추적할 방법은 없었다. 일반적인 게이트 존은 출발지와 목적지의 상호 간섭이 필요했다. 어떻게 코드를 찾아서 일방적으로 입구에서 게이트를 연다고 해도 출구에서 받아주지 않으면 공간에 갇히게 된다.

가렌트가 게이트 존으로 도망친 이상, 단테는 쫓을 방법이 없었다.

"……."

말없이 가렌트가 사라진 장소를 쳐다보았다.

바닥에는 커다란 역 오망성이 그려져 있었고 그 안에는 단테도 읽을 수 없는 고대의 문자가 빽빽하게 적혀 있었다. 그리고 그 한 중앙에 박혀 있는 새파란 보석. 그 안에는 또렷하지는 않았지만 희미하게나마 마력이 담겨져 있었다.

"…설마."

단테는 자리에 일어섰다.

바닥에 그려진 역 오망성의 중앙에 박힌 보석에 끌어올린 마력을 집중한다. 그러자 별안간 허공에 입체적으로 떠오르는 마력의 구성.

"하하."

단테는 맥없이 웃었다.

그것은 출발지와 목적지의 노선이 분명히 잡혀 있는 다차원 공간의 게이트 존. 즉, 일방통로의 게이트 존이었다.

"특별히 방해받을 일은 없다고 생각할 건가?"

중얼거리며 단테는 바닥에 그려진 게이트 존에 손을 짚어보았다.

"패스."

손끝으로 마력을 불어넣기가 무섭게 다시 한 번 마력의 구성이 입체적으로 떠오른다. 바로 코드의 해석이 가능한, 락이 걸려 있지 않은 퍼스트 타입이었다.

"억세싱."

허공에 떠오른 마도의 구성에 손을 뻗어 강제 해독에 들어간 단테. 연결 코드를 찾아내는 것에는 그리 오랜 시간이 걸리지 않았다.

"좋아."

가볍게 고개를 끄덕인 단테는 게이트 존에 한 중앙을 딛고 서서는 바닥에 박힌 보석에 코드를 넣은 마력을 불어넣었다.

우우우우우!

이윽고 금빛 출렁이는 게이트 존.

"가렌트으으으!"

흉악한 악당의 얼굴로 소리치는 단테의 모습이 점차 빛에 휩쓸려 깜빡거리기 시작했다. 그리고 별안간 그의 모습이 완전히 사라졌다.

"겨우 도착한 것 같군."

단테는 한숨을 내쉬었다. 게이트 존을 통해서 공간을 뛰어넘은 뒤였다. 공간을 넘던 당시에 어두웠던 시야가 돌연 밝아지며 가벼웠던 몸도 다시 본래의 체중이 느껴진다.

공간의 도약이 완전히 끝나자 단테는 게이트 존을 벗어나서, 눈앞에 펼쳐진 광경에 시선을 돌렸다.

"흐응."

게이트 존이 있는 곳은 나무가 우거진 어딘가의 숲에 공터였다. 마땅한 표시도 없어서 숲을 빠져나와 근처의 주민을 만나기 전까지는 도대체 어디인지 짐작도 할 수 없는 위치였다. 단테는 일단 정면에 펼쳐진, 일단 사람이 손을 본 듯한 길을 따라 걷기 시작했다.

걸으면서 깨달은 것인데 이곳은 어른 두세 명이 어깨를 마주하고 걸을 수 있는, 단순히 숲 속의 오솔길로는 치부할 수 없는 길이었다.

"무슨 목적이 있는 걸까?"

문득 단테가 걸음을 멈춘 것은 게이트 존에서부터 얼마 나아가지도 않은 뒤였다. 이따금 부는 사람에 생각난 듯 흔들거리는 수풀에서 시선을 돌린 채로, 단테는 낮지만 분명한 어조로 말했다.

"나오시지 그래."

"역시 단테 왕자님."

말이 떨어지기가 무섭게 수풀이 갈라지며 등장하는 사람은 가렌트. 그의 등 뒤로 복면을 쓰고 있는 사람들이 걸어나온다. 어둑어둑한 밤중에 시커먼 복면으로 가리고 있으니 드러나는 것은 그저 예리한 눈동자뿐이다.

"모두 멜로디 왕국의 정예 병사입니다, 단테 왕자님."

들으라는 듯이 단테의 정체를 밝히는 가렌트.

"모두 포르테 왕자님의 직속이라고는 하지만, 그래도 설마 단테 왕자님이 이들을 상대로 진심으로 싸우시지는 않겠지요?"

그의 말대로 모두 포르테 왕자의 심복인지 느글거리는 가렌트의 말에도 등 뒤의 병사들은 표정의 변화가 없다.

"그러니 단테 왕자님, 이렇게 된 이상 순순히 잡혀주시는 게 어떻겠습니까?"

"웃기지 마!"

소리치며 단테가 달리기 시작한다.

동시에 좌우로 흩어지는 복면의 병사들.

"매직 미사일!"

그중 한 명을 노려 단테는 구성도 없이 주문을 풀어낸다. 하지만 느닷없는 공격 주문에도 복면의 병사들은 별다른 어려움 없이 몸을 비틀어 피한다.

"파이어 볼!"

하지만 주문의 연쇄! 느닷없이 떠오른 시뻘건 화염이 단테의 눈앞에서 가렌트를 노리고 날아갔다.

콰르르릉!

"우아아앗!"

별안간 터진 주문에 우당탕 뒤로 넘어지며 비명을 지르는 가렌트. 하지만 실제적인 피해는 없다. 재빨리 달려온 병사들이 몸을 던져 가렌트를 빼낸 것이다.

"웹!"

그러나 단테가 노린 것은 바로 가렌트를 보호하기 위해 흩어진 병사들이 돌아오는 것이었다.

"우아앗!"

기다렸다는 듯이 구성없이 펼친 끈적끈적한 거미줄의 말이 몰려든 병사들을 사정없이 옭아맨다. 불길을 이용하면 제거할 수 있다고 해도 느닷없는 상황에서는 당황하게 마련이다. 허둥대는 병사들을 향해 순간 거리를 좁힌 단테!

"미안!"

퍼억!

브로드 소드를 칼집 채로 들어 올려 병사들의 턱을 노려 후려친다. 꽁꽁 묶인 병사들은 피할 새도 없이 고스란히 일격을 맞고 잠잠해졌다.

"우아아아!"

하지만 그 틈에 수풀 속으로 숨어 도망쳐 달리기 시작하는 가렌트.

“거기 서엇!”

터무니없는 요구를 하며 단테가 그 뒤를 쫓는다.

“……!”

그때, 별안간 등 뒤에 살기를 느끼고 돌아서자마자 브로드 소드를 뽑아 드는 단테.

티잉!

날카로운 소리와 함께 칼날과 칼날이 부딪쳐 번개가 튀어 오른다. 브로드 소드를 채 뽑지 못한 것이 도리어 도움이 되어 칼날을 막을 수 있었던 것이다.

“장난이 아닌데.”

식은땀을 흘리며 몸을 뒤로 빼는 단테. 지금의 일격은 죽일 생각까지는 없다고 해도 당분간 다시는 일어서지 못할 만큼 쓰러뜨릴 의도는 분명히 있었다.

단테는 데굴데굴 바닥을 구르며 이어지는 공격을 피하며 주문을 구성했다. 이윽고 완성된 주문의 타이밍을 재며 단테는 훌쩍 물러선다.

“인비지빌러티!”

완성된 주문의 효과도 단테의 모습이 사라진다.

“웃!”

별안간 사라진 단테의 모습에 당황하며 크게 뒤로 물러서는 병사!

“어디냐!”

정면으로 검을 뺀 채로 나무에 기대어 몸을 사린다. 하지만 이미 단테는 그곳을 한참 벗어난 뒤!

"모두 조심해!"

뒤늦게 단테가 사라졌다는 것을 깨닫고 대치하던 병사는 소리치지만 그것은 이미 늦었다. 단테는 멀찌감치 떨어져 주문을 완성한 뒤였다.

"컨쥬어!"

바람이 불었다.

"어디냐!"

느닷없는 상황에 당황해 소리치는 병사들의 시선이 정신없이 좌우로 오가고,

"위야!"

뒤늦게 단테를 찾은 한 병사가 절규한다.

세찬 바람이 불기 시작한 그 근원지는 상공! 별안간 몰아치는 회오리에 단테의 모습이 흐릿하게나마 드러나기 시작했다.

"실프!"

하지만 늦었다! 단테가 외친 힘있는 말에 몰아치던 바람은 별안간 돌풍이 되고, 그 돌풍은 다시 태풍이 되어 휘몰아친다. 그것은 수풀 속에 몸을 숨기던 병사들을 남김없이 빨아들여 일순간 하늘로 던져 버렸다.

"끄아아!"

"우아아아아!"

아우성치는 절규와 비명이 어지럽게 허공으로 흩어지고,

휘이이이잉!

이윽고 맡은바 책임을 다한 바람의 정령이 별안간 사라진다. 그리고 높이, 높이 들려진 병사들은 그대로 지상으로 곤두박질치기 시작했다.

"끄아아아아!"

퍼억!

성대한 비명과 어울리지 않게 깨끗한 결말.

"히이이이……."

볼품없이 대지에 처박힌 채로 널브러진 병사 여러분의 신음 소리가 수풀을 가득 메운다.

"오케이."

일단 깔끔하게 정리한 단테는 손을 탁탁 털었다.

"끄으으으으으……."

단테는 아파서 바둥거리는 병사들에게 다가가 고개를 숙인 채로 아래를 내려다보며 빙긋 웃는다.

"……."

구김없이 웃는 그 미소에 어딘지 두려운 예감을 받은 병사들은 말없이 마른침을 꿀꺽 삼켰다.

"죽어."

퍽!

"끄아아아악!"

벌벌 떠는 병사들을 하나씩 찾아내어 착실하게 기절시켜서 마무리를 지어주는 단테였다.

“사, 살려줘어어!”

“싫어.”

울며 바동대는 마지막 병사를 짓밟으며 상황은 깨끗하게 정리된다.

“자아!”

손을 떨며 일어선 단테.

주변을 두리번거린 끝에 한편에 부자연스럽게 꺾어진 수풀을 발견하고 빙긋 웃는다.

“라이트닝 볼트.”

단테는 주문을 외어 왼손에 전격을 가득 모으고는 보란 듯이 머리 위로 치켜 올렸다.

“나오지 않으면 던질 거야, 가렌트.”

“나, 나갑니다아앗!”

말이 떨어지기가 무섭게 단테가 노려보던 수풀을 헤집으며 허겁지겁 가렌트가 뛰어나온다.

“역시.”

단테가 들어 올린 왼손을 가볍게 좌우로 젓자 번쩍거리던 전격이 흐트러져 사라진다. 그 모습에 가렌트는 비로소 안심한 듯 한숨을 내쉬고,

“역시 대단하십니다, 단테 왕자님.”

그렇게 말하며 가슴을 활짝 편다.

“그렇다면 이 몸이 직접 상대해 드리지요!”

퍽!

말이 떨어지기가 무섭게 단테는 구둣발로 가렌트의 얼굴을 짓밟는다.

"……"

이에 힘없이 고꾸라지는 가렌트.

"가렌트가 싸울 줄 모르는 건 다 알고 있는데, 허세는 왜 부리는 거야?"

"모르시는군요, 단테 왕자님."

어이없어하며 묻는 말에 가렌트는 아픈 코를 움켜쥐고 훗! 하고 웃는다.

"약속된 전개라는 것이 있습니다. 여기까지 왔는데 별안간 무릎을 꿇고 손바닥을 싹싹 빌어봤자 이야기는 진행되지 않습니다. 그렇다면 되든 안 되든 맞서 싸우는 것이 순리!"

당당하게 주먹을 움켜쥔 채로 외치는 말에 단테는 물끄러미 가렌트를 쳐다보고,

"…그래서 만족해?"

"홉!"

이윽고 한심하다는 어조로 중얼거리는 단테의 말에 가렌트는 엉겁결에 입을 다문다.

"그러면……"

파앙!

단테와 가렌트 사이로 아슬아슬하게 화살이 스쳐 간 것은 그때였다.

퍽!

"위험해!"

단테는 서둘러 가렌트의 복부를 발로 걷어차며 수풀로 낮게 몸을 숨긴다.

"우왓!"

데굴데굴 굴러서라도 일단 몸을 피한 가렌트.

파파파파팟!

가렌트를 제거해서 입막음을 할 생각이라고 생각했던 것이지만 뒤이어 쏟아지는 화살은 아슬아슬하게 단테만을 노린다. 순간적인 판단이 부른 실수에 단테는 뒤늦게 혀를 차지만 이제 와서 후회해도 소용없는 일이다.

"젠장!"

단테는 이를 갈았다.

병사들은 한 무리가 아니었던 것이다. 앞뒤 안 가리고 가렌트를 쫓기에는 쏟아지는 사방에서 화살이 많았다.

낮게 포복한 채로 근처의 아름드리 나무로 이동해서 몸을 가린 단테는 서둘러 주문을 외우며 일단 힐끗 고개를 내밀어 보았다.

"이크!"

파파팟!

재빨리 고개를 뺀 것과 맞춰 눈앞에 튀어 오른 수많은 화살이 아슬아슬하게 나무에 꽂혀 벌집을 만든다.

"쳇!"

단테에겐 여간 골치가 아픈 문제가 아니었다.

화염계 주문으로 숲을 불태워 버리면 간단하게 끝날 일이지만, 어쨌거나 저쪽도 멜로디 왕국의 병사들이다. 사상자는 내고 싶지 않은 단테였다.

"할 수 없지."

마력이 아슬아슬하지만 역시 큰 기술을 쓸 수밖에 없다. 단테는 주문으로 완성한 구성에 마력을 덧씌워 비로소 기술을 풀었다.

"컨쥬어."

낮게 외치며 땅바닥에 손을 갖다 댄 단테.

"노움!"

마력을 불어넣은 힘있는 말에 부응하여 대지가 요동을 치기 시작한다.

"우아아앗!"

별안간 살아 있는 것처럼 출렁거리는 대지에 병사들의 고함이 여기저기 빗발친다. 동시에 힐끗 고개를 내밀어 단테는 자세를 잃고 허둥대는 병사들의 위치를 파악한다.

"오케이!"

병사들은 모두 여섯.

이 정도면 약간 무리한다면 간신히 커버가 가능했다.

"간다아앗!"

외치며 단테는 앞으로 달리기 시작한다.

파파앗!

비처럼 퍼붓는 화살도 단테가 달리는 탓에 아슬아슬하게 빗나간다. 금세라도 터질 것만 같은 심장을 간신히 다독거리며 단테는 왼손을 펼쳐 있는 말을 풀어냈다.

"멀티!"

빛이 번뜩인다.

"홀드 퍼슨!"

콰르릉!

단테의 가슴 앞에 떠오른 새하얀 빛줄기는 순식간에 여섯 개로 흩어져서는 단테가 파악한 위치를 향해 쏘아져 나갔다. 그것은 피할 틈도 없이 내뻗어 단테를 노리던 병사들을 단단히 묶어버렸다.

"크아앗!"

느닷없는 공격에 깨끗하게 당한 병사들이 여기저기서 쓰러져 볼품없이 앞으로 나뒹군다. 지속 시간은 얼마 되지 않는다. 하지만 이번에는 시간이 없다!

"매직 미사일!"

힘있는 말에 부응하여 떠오른 다섯 발의 매직 미사일.

"가랏!"

콰르릉!

단테의 손짓에 맞춰 쓰러진 병사들을 노리고 달려든다.

"우아앗!"

마력 밧줄에 묶여 피하지 못하고 고스란히 당한 병사들은 그대로 정신을 잃고,

"바빠서!"

빠각!

여섯 병사 중에 남은 한 명은 달려가는 도중에 칼집째로 후려쳐서 기절시킨다.

"이것으로 모두 정리."

단테는 가렌트가 도망쳤던 방향을 향해 달렸다.

산길을 따라 달려가니 그 끝에는 평야와도 같은 낮은 언덕이 있었다. 어딘지 도무지 짐작할 수도 없는 곳인데도 단테는 어쩐지 그곳만은 낯익은 듯한 기분이 들었다. 그 언덕에 당당히 자리 잡고 있는 성.

높게 위로 치솟은 양식은 언뜻 고루해 보여도 사실은 벽이 두껍고 정비가 잘되어 있는, 견실하게 지어진 성이었다. 그중 성의 망루인 듯이 높게 솟아 있는 첨탑에 꽂혀 있는 깃발을 보며 단테는 비로소 여기가 어디인지 깨달았다.

"멜로디 왕국이었군."

멜로디 왕국의 문양이었다.

왕자라고는 해도 어릴 적부터 유학 인생이었던 단테는 그것이 어떤 성인지는 확실히 모른다. 다만 멜로디 왕국의 깃발을 꽂고 있다는 것은 확실히 이곳이 멜로디 영토라는 것을 증명할 뿐이다.

"그 말은 즉, 제다우디로 이어졌다는 게이트 존은 거짓말이라는 건가?"

성이 올려다 보이는 한쪽 구석에서 몸을 숨긴 채로 단테는 생각에 잠긴다.

"그렇다면 대체 어떤 수법으로 제다우디를 치겠다는 거지? 병력 대 병력의 싸움으로는 도저히 불가능한 일임을 형도 모르지는 않을 텐데."

생각해 보면 한숨만 나오는 일이었다.

"지휘관의 역량을 봐도 기사 출신인 포르테 형보다는 애초에 야전 사령관인 소피아 황녀의 재능이 단연 발군. 전략과 전술, 병력과 병참. 그 무엇도 멜로디 왕국에 승산이 없는데……."

씁쓸한 표정으로 중얼거리던 단테는 고개를 기울인 채로 멍하니 중얼거렸다.

"마도 병기라도 개발한 걸까?"

그 외의 결론이라면 뻔한 일이었다.

"그렇다면 그것은 저 성 내부에 있겠지."

생각을 정리해서 앞으로의 전투를 손쉽게 풀어나갈 생각이었는데, 그렇게 생각하자 도리어 엄청 피곤해져서 단테는 한숨을 내쉬었다.

이쪽의 전력은 모두 네 사람.

단테와 피아레, 그리고 리테와 이리스.

하지만 실제적으로 전력이라고 부를 수 있는 것은 단테와 피아레뿐이다. 아이리스와 리테는 상황에 따라서 전력이 될 수도 있고 도리어 방해가 될 수도 있는 쪽이었다.

더구나 현재 인원은 단테로 한정.

먼저 달려나간 주제에 피아레 등의 행방은 찾을 길 없이 묘연했다. 언제 합류할지 모르는 피아레를 기다리며 막연히 기다릴 수도 없고, 더구나 생각해 보면 피아레조차도 전력이 될지 의심스러운 구석이 많다.

"할 수 없지."

단테는 머리를 긁적거렸다.

"지금 여기에서 전력을 다해 주문을 사용한다면 저 성을 무너뜨리지 못할 것도 아니지만, 그래서는 아무것도 알아낼 수도 없고, 그 상황에서 가렌트와 형이 사라지면 의미없는 일. …그렇다면 정면 돌파밖에 없겠군."

그렇게 결정한 단테는 상황에 어울리지 않는 웃음을 지었다.

이렇게 무모하고 수지에 맞지 않는 일을 해야 하는 자신에 대해서 어쩐지 묘한 기분이 들었기 때문이었다. 그것은 앞으로도 이런 일이 점점 더 많아질 것 같은 예감 때문이었다. 그것은 틀림없이 귀찮은 일이었지만, 어쩐지 조금 즐거울 듯한 기분도 들었다.

"바보 같은 소리."

이런저런 생각에 웃음을 짓던 단테는 이윽고 표정을 바꾸고 숨어 있던 나무 등 뒤에서 나와 달리기 시작했다.

늘어뜨린 칼이 땅바닥에 끌려 새파란 불꽃을 튀긴다. 동시에 저편에 보이는 성의 정문에서 무언가 움직이기 시작한 것을 단테는 깨달았다.

“호오.”

성의 문 앞에 서 있던 것은 잡초를 입에 문 채로 팔짱을 끼고 앉아 있는 젊은 사내였다. 어디에서나 흔히 볼 수 있는 평범한 옷을 차려입은 푸른 머리칼의 사내는 달려오는 단테를 보며 씨익 웃었다.

“왔구만.”

미소를 지으며 무겁게 자리에서 일어난 사내.

쌍 검을 쓰는 듯, 허리에는 두 자루의 검이 매여져 있었다.

“멈추시게나.”

그렇게 말하며 단테의 정면을 가로막았다.

“라이트닝 볼트!”

그것을 그대로 무시하며 단테의 왼손이 푸른 머리칼의 사내를 가리키며 똑바로 펼쳐진다. 동시에 손바닥을 타고 찌릿찌릿 펼쳐 오르는 새파란 번개!

콰르르릉!

그것은 이윽고 시퍼런 빛을 번뜩이며 사내를 향해 뻗어나갔다. 일부러 피할 수 있도록, 다시 말해서 길을 내줄 수밖에 없도록 단테가 적당히 조절한 라이트닝 볼트였다.

“얕보는군!”

하지만 남자는 그것을 피하지 않았다. 그는 두 팔을 교차시켜 허리에 꽂은 검의 손잡이에 손을 얹고는 허리를 낮추어 자세를 잡았다.

“크아아아아!”

동시에 거친 고함을 내뱉으며 쏜살같이 두 자루의 검이 달려드는 라이트닝 볼트의 궤적을 쫓아 허공에서 십자를 긋는다.

콰르르르!

믿을 수 없게도 두 자루의 검에 베여 허공에서 폭발하는 라이트닝 볼트!

"아닛!"

이에 깜짝 놀라 저도 모르게 걸음을 멈추는 단테.

남자는 뽑았던 칼을 도로 칼집에 넣는다.

"마술을 베었다?!"

"아아."

혼란스러워하며 외치는 말에 남자는 고개를 끄덕였다.

"애초에 인과율을 일그러뜨려 구성한 불안정한 마도. 핵을 베면 소멸하는 것이 당연하지."

콧등을 쓰윽 비비며 덧붙이는 남자의 말에 단테는 긴장하며 뒤로 물러섰다.

"마검사?"

"에이, 설마."

긴장하며 묻는 말에 남자는 손사래를 치며,

"그런 전설 속의 존재가 실존할 리가 없잖아. 검과 마술을 전부 쓸 수 있는 녀석은 애스가 대륙을 통틀어⋯⋯. 아니, 이 세상에 오직 너 하나밖에 없을 거다, 단테."

"⋯나를 알아?"

혼란스러워하는 단테를 보며 남자는 가볍게 고개를 끄덕였
다.

"이쪽 세계에서는 꽤 유명해."

와하하, 웃으며 그렇게 말한 남자는 단테를 향해 손을 내밀
었다.

"아참! 소개가 늦었군. 나는 템포 루바토라고 해. 편하게 루
토라고 불러도 좋아."

"안단테."

그 말에 할 수 없이 자신의 이름을 밝히는 단테. 하지만 루
토가 내민 손은 잡지 않고 검을 앞으로 뽑아 든 채로 거리를 잡
았다.

"이거 참! 포르테 말대로 사교성이 좀 부족한 친구군."

"…형을 알아?"

내민 손을 도로 거두며 멋쩍게 중얼거리는 말에 단테는 몹
시도 혼란스러워하며 물었다.

"아아."

루토는 고개를 끄덕였다.

"그 녀석 부탁이니까."

"그 말은 역시, 저 성 안에는 형이 있다는 말이군."

"물론이지."

"길을 비켜줘. 형을 만나러 가겠어."

어깨를 으쓱하는 루토를 보며 단테는 말했다.

"좋아, 가보라고."

다시 검을 뽑아 든 채로 루토는 가볍게 말했다.

"단, 이 몸을 쓰러뜨리고 나서."

조금씩 간격을 좁히면서 예의 대사를 내뱉는 루토.

이미 그럴 것이라고 생각한 단테는 아무런 대꾸도 없이 서둘러 주문 구성에 들어갔다.

"막아보시게나!"

먼저 움직인 것은 두 자루의 검을 뽑아 든 루토였다.

"하앗!"

이에 맞춰 단테는 옆으로 뛰며 거리를 유지한다.

카아앙!

먼저 허리를 굽힌 채로 휘두른 루토의 일격이 단테의 검에 단단히 맞물린다. 두 자루의 검이니만큼 하나의 검을 두 손으로 움켜쥔 자신과 비교하면 힘의 배분은 약할 거라고 생각했던 단테.

"으읍!"

느닷없이 자신을 압도하는 검격에 휘청하며 뒤로 밀렸다.

"이게 진짜다!"

이어서 활짝 열린 단테의 오른쪽 어깨를 노리고 루토의 왼손에 들려진 검이 무서운 궤적을 내리긋는다!

"헤이스트!"

하지만 때마침 단테의 주문이 완성된다!

"뭐엇!"

깜짝 놀라 눈을 동그랗게 뜨는 루토의 움직임이 일순간 멈춘 틈을 노려 훌쩍 뒤로 물러선 단테! 뒤로 몸을 날린 기세를 이용해서 힘껏 무릎을 굽히고 탄성을 모은다.

파앙!

이윽고 땅이 움푹 파일만큼 엄청난 도약력으로 아래로 낮게 단테가 루토의 틈을 찌른다.

"히익!"

깜짝 놀라 허겁지겁 두 검을 교차시켜 이것을 간신히 막아내는 루토.

타앙!

막혔다 생각한 순간 교차된 루토의 검에 부딪친 자신의 브로드 소드에 탄력을 모아 단테는 훌쩍 뒤로 도망쳤다.

콰아앙!

헤이스트로 가속된 다리는 단숨에 거리를 벌렸다.

"파이어 볼!"

멀찌감치 떨어진 틈에 단테의 주문이 완성된다!

돌연 단테의 정면에 떠오른 시뻘건 불꽃.

콰르릉!

빙글빙글 회전하며 단테의 손놀림에 맞춰 루토를 노리고 정면으로 내달린다. 하지만 루토는 피하지 않고 두 검을 허공에 들어 올려 두 팔을 십자로 교차시키고는 떨리는 어조로 기합을 넣었다.

"하아아아아아아!"

대지가 요동쳤다.

"아닛!"

깜짝 놀라 우뚝 걸음이 멈춘 단테의 눈앞에 펼쳐진 것은 믿을 수 없게도 새하얀 빛으로 번뜩이는 두 자루의 검! 팔목을 교차시켜 허공에 들어 올린 검은 무시무시한 빛을 뿜으며 일대를 압도해 버렸다.

"제노사이드 시저스!"

빛이 절정에 달할 무렵에 루토의 고함이 일대를 쩌렁쩌렁하게 울린다. 동시에 치켜 올린 두 팔이 눈에 보이지도 않을 속도로 지상을 향해 교차되어 공간을 베었다!

콰아아아앙!

아니, 일순간 두 자루의 검에 공간이 베어져 비틀린 것처럼 보였다. 그리고 엄청난 폭음과 함께 두 자루의 검에 모여진 새하얀 빛이 무시무시한 위력으로 파이어 볼과 격돌했다!

퍼어엉!

단숨에 폭발해 흩어지는 쪽은 파이어 볼이었다!

"젠장!"

내던지듯 검을 놓으며 단테는 자세를 낮춘 채로 두 손을 공을 쥐는 듯이 그러쥐고는 오른쪽 옆구리에 갖다 댔다.

"하아아아아아!"

눈앞에 쇄도하는 새하얀 빛의 폭풍을 똑바로 노려보는 단테의 두 손에 새하얀 빛이 물결치듯 솟구쳐 오른다.

"오오!"

이에 깜짝 놀란 듯 두 눈을 동그랗게 뜨는 루토.

"언리미티드!"

금세라도 자신을 집어삼킬 듯이 용솟음치듯 거칠게 뻗어 나오는 빛을 단테는 간신히 갈무리한다.

"라이트닝 볼트!"

단테는 목놓아 그렇게 외치며 두 손을 모은 채로 앞으로 내뻗는다!

"뭐어어엇!"

이에 경악해 마지않는 루토.

힘있는 말에 부응하여 단테의 손바닥에 모인 빛은 시퍼런 번개에 휘감겨 루토가 쏘아낸 빛과 정면으로 격돌했다.

그리고,

퍼어어어엉!

엄청난 폭음과 함께 루토의 빛은 산산조각이 나버렸다. 그리고 그것은 거침없이 내뻗어 루토를 그대로 집어삼켜 버렸다.

콰아아아아아아아아앙!

찌릿찌릿한 번개의 파편이 흩어진다.

이윽고 사방에 어지럽게 피어오르던 먼지가 가라앉은 저편에는 엉망진창이 된 루토가 무릎을 꿇은 채로 단테를 마주 보고 있었다.

"대단하군."

간신히 자리에서 일어선 루토.

"기(氣)가 날아올 줄은 알았지만, 거기에 그런 출력으로 라이트닝 볼트까지 때려 넣을 줄은 몰랐다.”

루토는 휴우, 하고 한숨을 내쉬더니 이윽고 쓰게 웃었다.

“검과 마술은 물론 미스틱의 기술까지 쓸 수 있다니, 이거 진짜 놀랐어. 비록 그 단계가 초보적이라고 해도, 그것을 섞어서 쓸 수 있다는 것은 감히 비할 것이 못 되지. 과연 대륙에 유일한 마에스트로.”

그렇게 말하며 루토는 어깨를 으쓱해 보였다.

“그렇다면 이쪽도 조금 진심으로 상대해 주지 않으면 안 되겠군.”

담담한 어조로 말한 루토의 몸이 순간 연기처럼 흩어졌다.

콰르르르!

“설마!”

메마른 어조로 단테는 소리친다.

한 치 앞도 구분할 수 없는 안개 속.

그 새하얀 어둠 속에서 이윽고 모습을 드러낸 것은 거대한 블루 드래곤이었다!

크라라라라랏!

그것은 포효하듯이 고개를 비틀며 입을 쩌억 벌리고는 금세라도 불길을 토해낼 것처럼 끔찍한 번개를 입 안에 머금었다!

“제기랄!”

머리를 감싸고 도망치기 시작한 단테.

“운도 더럽게 없지!”

되는 대로 소리치며 단테는 서둘러 주문 구성에 들어간다.

콰르르!

번개가 치듯 엄청난 폭음을 일으키며 블루 드래곤이 기이한 날갯짓을 하며 허공으로 떠오른다. 일단 재빨리 몸을 굴려 근처의 바위에 납작 몸을 기대어 숨겨보는 단테.

콰라라랏!

하지만 블루 드래곤은 틀림없이 단테를 노리며 똑바로 하강하기 시작했다.

별안간 입을 크게 벌린 블루 드래곤!

콰아아아아!

크게 숨을 들이키는 소리가 숨어 있는 단테의 귀에도 똑똑하게 들려왔다.

"빌어먹을!"

단테는 허겁지겁 땅을 박차고 뛰어나와서는 재빨리 방향을 잡는다.

그 순간!

콰르르르르!

폭음과 함께 그것이 쏟아진다!

시퍼렇다 못해 시커멓기까지 한 블루 드래곤의 숨결!

콰르르르르릉!

그것은 틀림없는 번개 브레스였다!

"크으윽!"

그것을 어찌어찌 가까스로 피하는 단테.

피했다고는 해도 아슬아슬하게 스쳐 지나간 것은 요행이었

다. 노리고 달려오는 블루 드래곤의 동작이 워낙 정직해서 단
테는 간신히 피할 수 있었던 것이다.

"치사하다아앗!"

들릴 턱도 없지만 단테는 일단 항의는 빼놓지 않는다. 하지
만 역시나 대꾸도 없이 블루 드래곤은 유유히 상공을 난다. 천
천히 포물선을 그리며 허겁지겁 도망치는 단테를 향해 방향을
루토.

"헤이스트!"

다시 한 번 가속 주문으로 단테는 달리기 시작한다.

쇄아아아앗!

하지만 하늘을 날며 방향을 비트는 블루 드래곤을 피할 수
는 없다. 금세 발끝까지 쫓아온 놈을 힐끗 쳐다보며 단테는 속
으로 욕지기를 토했다.

단테는 재빨리 머리를 굴린다.

어떤 기술을 써야 데미지를 입힐 수 있을까?

미티어 스트라이크를 정통으로 맞으면 제아무리 드래곤이
라도 엄청 아프겠지만 그딴 기술에 얌전히 맞을 녀석은 아무
도 없다.

"도대체 어떤 멍청한 드래곤이 하늘에서 떨어지는 운석을
따스한 눈길로 그냥 쳐다만 보겠어!"

누구한테라고 할 것도 없이 무작정 불만을 잔뜩 토하며 단
테는 그저 막연히 달렸다.

콰르르르!

힘차게 도망치는 단테를 보며 기분이 좋은지 블루 드래곤은 즐겁게 울부짖으며 단테를 쫓아 유유히 날고 있다.

콰콰콰콰콰!

하지만 녀석이 고도를 낮추며 다가오자 숲이 뒤집히며 모래 바람이 일어나고 별안간 회오리가 생겨난다. 느닷없이 생겨난 회오리에 돌연 시야가 흐릿해진다.

쿠쿠쿠쿠쿠!

이에 당황한 듯 블루 드래곤은 서둘러 고도를 높였다.

"바보냐?"

질린 어조로 중얼거리면서도 단테는 이 틈을 노려 주문 영창에 들어간다.

"디솔브!"

재빨리 완성한 주문을 날리는 단테.

타앙!

"으잉?"

하지만 쇠도 녹이는 기술이 변변찮게 허공에서 별안간 튕겨 나온다. 엄청 멍청해 보이긴 해도 일단 안티 매직 주문은 걸어 놓은 것 같았다.

콰아아아아앙!

동시에 정신을 잃을 듯 강한 충격이 단테를 덮쳤다.

순식간에 일대가 기묘하게 뒤틀리기 시작했다.

"크으윽!"

별안간 온몸에 격심한 통증이 느껴졌다.

단테는 깨달았다.

단테가 멈칫한 틈을 노려 블루 드래곤이 그를 물고 허공에 솟구쳐 오른 것이다.

"젠장!"

와드득 깨물 생각인지 닫히는 입 안으로 스스로 뛰어든 단테. 덕분에 끈적끈적하고 기분 더러운 침이 단테의 몸에 달라붙는다.

하지만 이것이 바로 기회!

"아이스 스톰!"

단테는 남은 주력을 깡그리 퍼부어 주문을 완성시켰다.

쿠콰콰콰콰!

새하얀 눈보라가 블루 드래곤의 입 안에서 무시무시한 기세로 터졌다. 놈은 얼음 폭풍에 깜짝 놀란 듯 굳게 닫혀졌던 주둥이가 벌어졌다.

"플라이!"

놈의 입 안에 얼음 폭풍을 남긴 채로 단테는 쥐어짠 주문을 내뱉으며 밖으로 몸을 날린다. 스프링처럼 팅겨져 나간 단테는 허공에서 덜컹 정지했다가 이윽고 마력이 전부 고갈되어 그대로 지상으로 곤두박질쳤다.

우당탕탕!

요란한 소리를 내며 데굴데굴 바닥을 구르는 단테의 저편에는 여전히 입 안에 새하얀 한기를 내뱉으며 정신없이 고개를 좌우로 흔드는 블루 드래곤이 있었다.

쏴아아아아아!

이윽고 입 안에서 새하얀 입김이 완전히 사라지자 블루 드래곤은 대지에 두 발을 디딘 채로 날개를 접고 착 가라앉은 목소리로 입을 열었다.

"제법이군, 인간!"

"별말씀을."

그 말에 부끄럽다는 듯이 손을 저어 보이는 단테였지만, 사실은 그게 마지막 허세였다. 기는 물론이고 마력까지 모두 소비해서 더 이상 싸울 힘이 남아 있지 않았던 것이다.

"인간치고는 제법이지만……."

그때!

"여기는 어디인가요오오오!"

익숙한 목소리는 등 뒤에서 들려왔다.

"뭐?"

깜짝 놀라 고개를 돌리는 단테의 눈앞에는 불안한 표정으로 눈 둘 곳을 몰라 안절부절하고 걸어오는 리테와 이리스가 이쪽을 향해 다가오고 있었다.

"어떻게 여기에!"

단테의 고함에 우뚝 걸음을 멈춘 두 사람.

"단테니이이임!"

"단테 오빠다요!"

눈물을 펑펑 쏟으며 달려와 단테의 품에 매달렸다.

"리테와 이리스는 어떻게 여기에 온 거야?"

"리테?"

허탈한 웃음을 지으며 단테가 중얼거리는 그 순간, 뒤집어지는 목소리로 외치며 블루 드래곤은 새하얀 안개에 휩싸이더니 이윽고 다시 인간 모습으로 돌아왔다.

"…설마 리테누토?"

"네."

자신을 가리키며 외치는 말에 리테는 의아한 표정으로 고개를 끄덕이고,

"저를 아시나요?"

"당연하지이이!"

고개를 갸웃하는 리테의 말에 루토는 손가락을 치켜세운 채로 외쳤다.

"메노 리테누토라면 살아 있는 민폐! 골드 드래곤 족의 수치! 아니, 모든 드래곤의 수치라는."

여기까지 지껄이고는 갑자기 두 팔을 번쩍 치켜들며,

"바로 그 리테누토오오!"

"우에에에에에엥!"

말이 떨어지기가 무섭게 쓰러져 서럽게 우는 리테.

"아, 미안."

조금 지나쳤던 걸까, 하고 루토는 뒤늦게 사과하지만 리테의 울음은 그치지 않는다.

"단테."

"……."

“리테누토를 어느 인간이 데리고 살고 있다는 소문은 들었는데, 그 관대한 친구가 자네일 줄은 몰랐어. 자네의 인내심은 보통이 아니야.”

고개를 돌린 단테를 향해 엄지를 내미는 루토.

“정말 대단해, 단테.”

그렇게 말하며 정말 장하다는 듯이 두 눈에 연민을 가득 담아 단테의 어깨를 탁탁 두드린다.

“…위, 위로하지 마아아.”

어깨를 축 늘어뜨린 채로 힘없이 중얼거리는 단테였다.

성안은 쥐죽은 듯이 조용했다.

루토가 성문을 지킨 것 외에는 단테 일행을 가로막는 것은 아무것도 없었다.

아니, 생각해 보면 블루 드래곤을 뚫고 지나올 거라고는 생각할 수도 없고, 만약 그것을 돌파했다고 하면 더 이상 평범한 병력으로 막을 수 있는 상대도 아닌 것이다. 여기에 병력을 세우는 쪽이 낭비인 것이다.

“미안.”

덧붙여 일행의 선두를 걷는 것은 루토.

“우리 드래곤 족에게 큰 은혜를 준 단테에게 더 이상 폐를 끼치면 안 되지.”

단테에게 엄청 미안한 표정으로 그렇게 말한 루토가 앞장서서 안내해 주고 있는 것이다.

"너, 대체 평소에 행실이 어쨌길래……."

"묻지 마세요, 단테님."

가자미눈을 하고 묻는 말에 리테는 울면서 고개를 돌렸다.

이윽고 루토는 어느 구석진 통로에서 발걸음을 멈추었다.

"바로 저기야."

그렇게 말하며 루토의 시선이 머무는 복도의 끝에는 거대한 문이 닫혀져 있었다.

"이 안에 포르테가 있어."

손가락을 세워 가리키며 루토가 말했다.

"형이……."

고개를 끄덕이며 중얼거리는 단테의 목소리가 떨렸다.

"나는 여기까지야. 나머지는 너희들이 알아서 할 일이지."

그렇게 말하며 루토는 훌쩍 뒤로 물러서고,

"열심히 살아, 단테. 자살하면 안 돼. 굳이 죽고 싶으면 일단 리테도 찌르고 죽어줘."

기묘한 응원을 등 뒤로 날리며 루토는 손을 흔들며 어둠 속으로 사라졌다.

"……."

단테와 이리스의 시선을 피해 고개를 돌리며 소리없이 눈물 짓는 리테.

"저기인가?"

복도 끝의 문을 쳐다보며 단테는 말했다.

"하지만 마력도 기력도 거의 바닥이니……."

“에엑!”

쓸쓸한 표정으로 중얼거리는 단테를 보며 리테는 깜짝 놀란 표정을 지었다.

“단테님!”

그리고는 한 팔을 번쩍 치켜 올리며 말했다.

“제가 도와드릴게요오오!”

“……”

무표정하게 리테를 쳐다보는 단테.

“…그렇게 싫은 표정 짓지 마세요.”

“알았어.”

입을 뾰족 내미는 리테를 보며 단테는 어쩔 수 없이 고개를 끄덕였다. 그러자 리테는 두 손을 활짝 펼친 채로 단테의 두 손을 잡았다.

쿠오오오오!

두 눈을 살며시 감고 정신을 집중하는 리테의 손바닥에 금색의 빛이 뿜어져 나왔다.

“헤에.”

“아픔아, 모두 날아가라♡”

의외다 싶었던 단테의 말이 끝나기도 전에 명랑한 어조로 기운 빠지는 대사를 하는 리테.

“주문 같은 거, 하려는 게 아니었냐?”

동시에 힘없이 사라진 빛을 보며 단테는 어이없어하는 표정으로 말했다.

"아이참! 단테님도."

그 말에 부끄러운 듯이 뺨을 붉히는 리테.

"무슨 수로 제가 그런 걸 할 줄 알겠어요?"

명랑하게 웃으며 말하는 리테를 보며 단테는 그러면 그렇지, 하고 한숨을 내쉬었다.

"어라?"

돌아서 걸으려던 단테는 별안간 기력이 돌아온 것을 깨닫고 말없이 리테를 쳐다보았다. 본인이 의도한 것은 아니겠지만 어쨌든 단테의 힘은 돌아온 것이다.

"뭐, 잘했어."

어깨를 으쓱한 단테는 손을 뻗어 리테의 머리를 쓱쓱 쓰다듬어 주었다.

"꺄아아."

"나도 쓰다듬어 준다요."

좋아 죽는 리테를 보며 달려와 단테에게 매달린 이리스.

"나도 쓰다듬어 준다요오오!"

가볍게 무시한 단테는 통로를 걸어 문 앞에 선다.

"노크!"

단테는 준비한 주문을 풀어냈다.

끼이이익!

굳게 닫혀져 있던 문이 천천히 좌우로 갈라지며 열리기 시작했다. 그러자 비로소 드러난 저편에는 어떠한 장식도 없이 휑한 커다란 방이 있었다.

그 안에 있는 것이라고는 오직 하나의 의자.

열려진 문의 반대편에 자리 잡은 의자에는 마술로 만들어진 환한 빛 아래에 다리를 꼬고 턱을 손등에 기대어 고개를 기울인 금발의 기사가 하나 앉아 있을 뿐이었다.

"드디어 왔구나."

늘씬한 키에 잘생긴 금발의 사내는 단테를 보며 씨익 웃음을 지어 보였다.

"…포르테 형."

단테에게 형이라고 불린 기사, 포르테는 지그시 시선을 돌려 낮은 한숨을 내쉬었다.

"할 말은 많지만……. 뭐, 일단 그전에 한마디만 해두지."

무심한 어조의 포르테.

"보기 흉해."

그렇게 말하며 포르테의 시선이 멈춘 저편에는 허리에는 이리스를, 한 팔은 리테가 껴안고 있는 단테가 있다.

"내버려 둬!"

퉁명스럽게 단테가 대꾸한다.

"뭐, 좋겠지."

어깨를 으쓱하며 포르테는 등 뒤로 손을 뻗어 의자에 기대어 세워진 바스타드 소드를 한 손으로 치켜들었다. 새하얀 검신의 칼날은 마술로 만들어진 조명 아래에서 불길한 빛을 번뜩였다.

"밖으로 나가자, 단테. 여기는 우리 둘이 싸우기에는 너무

줍다."

자리에서 일어선 포르테는 유유히 단테를 스쳐 지나가 문밖
을 나서서 복도를 걸었다.

"쳇!"

낮게 혀를 차며 단테는 허겁지겁 포르테를 쫓았다. 그 뒤를
불안한 기색으로 이리스와 리테가 종종걸음으로 따른다.

"포르테 형!"

포르테와 일정한 거리를 두고 걸음을 늦추며 단테는 안타까
운 어조로 소리쳤다.

"어째서 형이!"

"네가 내 앞길을 방해하기 때문이야."

단테의 말이 떨어지기가 무섭게 고개도 돌리지 않은 채로
냉랭한 어조로 포르테가 말을 받았다.

"네 녀석이 초래한 일이다. 설마 모른다고 하지 않겠지?"

"크윽! 형은 소피아 왕녀에게 매달리는 내 행동이 어리석다
고 말하는 거야?"

"……."

떨리는 어조로 소리치는 단테의 말에 포르테는 한동안 아무
런 말도 없이 복도를 걸었다. 이리스와 리테도 이 무거운 공기
에 밀려 아무런 말도 하지 못했다.

"단테."

포르테가 다시 입을 연 것은 저 멀리 성의 출구가 보이는 위
치에 도달했을 즈음이었다.

"너는 내 입장을 모른다."

"그래! 나는 친자식이 아니야. 하지만 그렇다고 다른 생각을 해본 적은 한 번도 없어!"

포르테의 말이 떨어지기가 무섭게 단테는 주먹을 움켜쥔 채로 소리쳤다.

"다요?"

격한 분노로 몸을 부르르 떠는 단테를 향해 이리스가 손을 뻗었다.

"이리스."

의아한 표정으로 고개를 갸웃하는 이리스를 뒤에서 껴안은 채로 리테는 입술에 검지를 붙여 보였다. 이리스는 그녀의 행동에 고개를 갸웃하면서도 더 이상 아무런 말도 하지 않았다.

"그런 말을 하려는 게 아니다, 단테."

포르테는 우울한 어조로 말했다.

"나라를 물려받을 생각도 없으면서 소피아에게 매달려 나라를 되찾으려는 너. …내가 참을 수 없는 것은 바로 그런 네 녀석의 미지근함이야."

정문을 벗어나자 새삼스럽게 햇살이 눈부시게 내리쬐었다. 빛을 등진 채로 포르테는 등 뒤에서도 똑똑히 들을 수 있을 만큼 낮게 웃었다.

"뭐, 어쨌든 우리의 생각은 영원히 평행을 달릴 수밖에 없겠지."

포르테는 그렇게 말하며 펼쳐져 있는 수풀에서 걸음을 돌렸

다. 그곳은 단테와 루토의 전투로 땅이 파여져 생겨난 공터였
다.

"여어!"

"왕자님."

펼쳐진 공터의 저편에는 수풀에 기댄 채로 손을 흔드는 루
토와 그 앞에 서서 웃음을 짓고 있는 가렌트가 있었다.

"너희 둘. 물러서서 저쪽의 루토에게 가 있어."

창백한 얼굴로 단테는 리테와 이리스를 밀었다.

"단테니이임."

"끼어들지 마, 절대로!"

리테에게 등 뒤로 손을 들어 보이며 단테는 메마른 어조로
말했다.

"그러면."

포르테는 그 한 중앙에서 단테를 보며 천천히 바스타드 소
드를 치켜 올렸다.

"시작하자, 단테."

"…젠장."

달려오는 포르테를 맞아 할 수 없이 검을 치켜든 단테.

"우오오오오!"

떨리는 어조로 기합을 발하는 두 사람이 검이 새하얀 빛을
뿜으며 번뜩인다.

"검기는 역시 포르테 쪽이 우세하네."

턱을 괸 채로 중얼거리는 루토.

그의 말대로 단테의 브로드 소드가 희미한 빛을 발하는 것
에 비해 포르테의 바스타드 소드는 눈이 멀 듯 새하얀 빛이 뿜
어져 나왔다.

챙!

그 커다란 바스타드 소드로 찌르기를 감행해 오는 포르테의
일격을 단테는 검을 비틀어 간신히 막는다.

"아직이다, 단테!"

내뻗는 힘에 밀려 비틀거리는 단테를 향해 포르테가 바스타
드 소드를 허리를 중심으로 빙글 돌리며 단테의 어깨를 노린
다.

터엉!

"큭!"

이것을 어찌어찌 간신히 칼등으로 후려친 단테! 하지만 포
르테의 기세에 밀려 칼날은 조금씩 안으로 밀린다.

"야앗!"

낮게 상체를 수그리며 단테는 포르테의 다리를 걸어차서 간
신히 위기를 벗어난다. 잠시 중심을 잃었다 싶었던 포르테는
다음 순간 펄쩍 뛰어들며 검을 세웠다.

타앙!

엄청난 속도로 두 자루의 검이 맞물려 부딪칠 때마다 새하
얀 빛이 사방으로 흩어진다. 하지만 명백히 밀리는 쪽은 단테
였다. 검격이 서로 어긋날 때마다 단테의 브로드 소드를 휘감
는 빛이 눈에 띄게 약해지고 있었다.

타카앙!

두 자루의 검이 맞부딪치며 불꽃이 사방으로 튀었다. 눈에 띄게 빛이 약해진 단테의 브로드 소드에 쩌억 금이 갔다.

"큭!"

검이 맛이 가기 시작했다는 것을 깨닫자 단테는 재빨리 허리를 비틀었다. 낮게 회전하며 포르테의 허리를 노려 검을 눕힌다.

"늦어!"

하지만 다음 순간 미끄러지듯 왼손을 떨구어 브로드 소드의 칼등에 포르테의 손날이 닿았다.

쨍그랑!

단테의 브로드 소드가 단숨에 산산조각이 났다!

"라이트닝 볼트!"

하지만 단테가 노린 것은 이것이었다. 들고 있던 브로드 소드를 포르테의 얼굴을 향해 던지며 단테는 힘있는 말을 외쳤다.

콰르릉!

"늦는다고 했다!"

그러나 믿을 수 없게도 포르테는 반원을 그어 라이트닝 볼트를 베어내고는 돌아간 칼자루로 얼굴로 날아오는 단테의 부러진 검을 튕겨냈다.

"망할……."

두 팔을 축 늘어뜨린 채로 단테는 뒤로 물러섰다.

"간다앗!"

그 틈을 놓치지 않고 포르테가 달린다.

"그리스!"

하지만 그 순간 단테가 터뜨린 주문이 포르테가 딛고 있는 땅바닥에 터졌다.

"우웃!"

별안간 미끄럽게 바뀐 대지에 크게 발을 헛딛는 포르테! 단테는 기다렸다는 듯이 포르테에게 달려들며 얼굴을 노려 하이킥을 먹였다.

"웃기지 마라!"

하지만 버럭 소리를 지르며 포르테가 어깨를 날려 크게 발을 지른 탓에 빈틈이 생긴 단테를 밀쳤다.

"크으윽!"

힘없이 뒤로 튕긴 단테는 데굴데굴 바닥을 구른 끝에 볼품없이 바닥에 내동댕이쳐졌다. 단테는 쓰러졌다 싶더니 내쳐진 탄성을 이용해서 재빨리 뒤로 물러서서 자세를 잡았다.

"빌어먹을……."

창백하게 질린 얼굴로 단테는 입가에 고인 핏물을 뱉어낸다.

"단테니이이임!"

"방해하지 마!"

달려오는 리테를 향해 단테는 소리쳤다.

"나오지 마! 나왔다가는 죽여 버릴 테니까!"

무시무시한 얼굴로 소리치는 단테의 기세에 밀려 리테는 힘없이 주저앉았다. 단테는 자세를 낮게 수그리고는 두 손을 그러쥔 채로 오른쪽 옆구리에 갖다 댔다.

"호오."

단테가 무엇을 하려는지 눈치 챈 루토가 실눈을 한 채로 웃었다.

"하아아아아아!"

떨리는 어조로 외치는 단테의 두 손에 새하얀 빛이 물결치듯 솟구쳐 오른다.

"언리미티드!"

금세라도 폭발할 듯 기가 모이자 단테는 여기에 망설임없이 주력을 퍼붓는다.

"라이트닝 볼트!"

단테는 두 손을 모은 채로 앞으로 내뻗었다! 힘있는 말에 부응하여 단테의 손바닥에 모인 빛은 시퍼런 번개에 휘감겨 포르테를 향해 쏘아져 나갔다.

"후우우."

무시무시한 기세로 덤벼드는 단테의 일격을 마주 보며 포르테는 숨을 깊게 들이마셨다. 그리고는 한쪽 어깨에 바스타드 소드를 걸치며 낮게 자세를 잡았다.

쿠오오오오!

바스타드 소드가 엄청난 기세로 빛을 토하기 시작했다.

"하아아아아아아!"

엄청난 고함과 함께 포르테의 바스타드 소드에 휘감긴 빛은 단테가 만들어진 마력과 기의 결정을 깨끗하게 갈라 버렸다. 그것은 여기에 그치지 않고 그대로 쭉쭉 뻗어나가 멍하니 자신을 쳐다보는 단테를 그대로 집어삼켰다.

콰르르르르르!

무시무시한 폭발음과 함께 단테는 힘없이 앞으로 머리를 처박고 고꾸라졌다.

“단테니이이이임!”

허겁지겁 달려온 리테가 정신을 잃고 쓰러진 단테를 흔들었다. 혼란한 마음을 그대로 반영하듯 눈부신 빛이 리테의 몸에서 쏟아져 단테를 감쌌다.

여기저기 찢겨져 엉망진창으로 망가졌던 상처가 빛에 휩쓸려 순식간에 아물었다. 하지만 간신히 눈을 뜬 단테의 몰골은 처참했다.

“이길 수 없어…….”

단테는 메마른 입술로 중얼거렸다.

“도저히 이길 수 없어…….”

“그래.”

포르테는 낮게 웃음을 지었다.

“그게 바로 너와 나의 벽이다.”

잘난 척 중얼거리며 포르테는 단테를 내려다보았다.

“에어리얼 서번트!”

“우왁!”

느닷없이 불어온 날카로운 바람에 포르테가 날아간 것은 바로 다음 순간에 일어난 일이었다.

콰아아앙!

사정없이 떠밀려 데굴데굴 구른 끝에 바스타드 소드를 세워 간신히 자세를 잡은 포르테.

"크으윽!"

어찌어찌 두 다리로 딛고 서며 자세를 잡지만 어디서 날아오는지 보이지 않는 공격에 쩔쩔 매며 뒤로 물러섰다.

"누구냐!"

거칠게 소리치는 포르테의 등 뒤로 허겁지겁 달려오는 피아레의 모습이 보였다.

"피아레?"

"오라버니이이잇!"

그녀는 어이없어하는 포르테를 깨끗하게 무시하고 단테에게 달려갔다.

"피아레님!"

달려오는 피아레를 껴안으려고 두 팔을 활짝 벌린 리테.

"비켜!"

"꺄아악!"

리테를 가볍게 어깨 치기로 날려 버리며 달려가 단테를 두 팔로 번쩍 들어 올린다. 피아레는 두 눈에 이글이글 불꽃을 태우며 포르테를 무섭게 노려보았다. 저편에는 이제 막 에어리얼 서번트를 물리친 포르테가 궁상스럽게 뺨을 긁적이고 있었다.

"우리 오라버니에게 잘도 했겠다아아아앗!"

"…나도 네 오빠라고."

"시끄러워요, 바보팅이!"

투덜거리는 포르테를 향해 힘차게 검지를 치켜세우는 피아
레.

"가출해서 코빼기도 안 보인 주제에 이제 와서 새삼스럽게
오빠인 척 주장하지 마세요! 이 세상에 나한테 오빠라고 불릴
자격이 있는 사람은 단테 오라버니뿐이니까요!"

돌연 고개를 돌려 단테를 보며 피아레는 힘차게 왼손을 끌
어당겨 파이팅 포즈를 취했다.

"오라버니! 저런 바보팅이는 우리 두 사람이 만들어내는 사
랑과 정의의 불꽃으로 단숨에 불태워 버리는 겁니다!"

그렇게 말하며 피아레는 바닥을 굴렀다.

"자아! 보세요, 오라버니! 저기 저 멀리 정의의 태양이 힘차
게 빛나고 있지 않습니까!"

피아레가 힘차게 가리키는 저편에는 이제 막 밝아오는 새벽
이 어슴푸레한 어둠을 몰아내고 있었다.

"……."

자신의 말에 감동을 해서 찌잉 눈물을 흘리는 피아레를 보
며 단테는 힘없이 웃고 말았다.

어딘지 묘한 기분이 들었다. 엉망진창인 상황인데도 새삼스
럽게 허탈해서, 단테는 돌리어 돌연 가슴을 막고 있던 답답한
것이 사라진 기분이 들었다.

"그래."

피아레의 팔에서 벗어나 두 다리를 바닥에 내딛은 단테는
피아레를 향해 씨익 웃음을 지어 보였다.

“피아레.”

“네! 오라버니.”

“언제나 그래 왔던 것처럼, 귀찮은 일은 내게 맡겨.”

가볍게 던지는 단테의 말에 돌연 피아레와 리테의 눈동자에 초롱초롱하게 별이 뜬다.

“그래요, 단테님!”

“그래야 오라버니지요오오!”

힘차게 파이팅 포즈를 취하는 두 사람을 배경으로 단테는 조용히 주문 구성에 들어가고,

“플라이!”

이윽고 완성된 주문을 외치며 둥실 허공으로 떠올랐다.

“우웃!”

느닷없이 날아오른 단테를 보며 긴장하며 바스타드 소드를 굳게 움켜쥐는 포르테.

“내가 바보 같았어, 포르테 형.”

내려다보며 단테는 씨익 웃었다.

“검술만을 죽어라 배운 형을 상대로 정정당당하게 검을 겨누고 싸우다니 얼마나 바보 같은 짓을 했는지 몰라. 이것저것 배운 나는, 내 나름대로의 방법이 있는데 말이지.”

“으잉?”

불안해하며 땀을 삐질삐질 흘리는 포르테를 내려다보며 단테는 한 손을 모아 천천히 주문 구성에 들어간다.

“단테, 이 자식아아아!”

점점 오렌지 빛으로 불길하게 번뜩이는 단테를 보며 포르테
는 외쳤다.

"내려와서 싸워!"

그 말에 단테는 고개를 기울이더니,

"싫어."

그렇게 말하며 빙긋 웃었다.

"파이어 윌."

"우아앗!"

콰르르르!

별안간 포르테의 발끝을 향해 치솟는 시뻘건 불기둥!

허겁지겁 머리를 감싸쥐며 포르테는 도망치기 시작했지만
허공에 떠올라 거리를 두고 있는 단테에게는 어디로 도망치는
지 빤히 보이는 광경이었다.

"파이어 윌."

콰르르르!

"파이어 윌."

"크아아아아악!"

두어 차례는 일단 피했지만 연이어 터지는 주문에 결국 포
르테는 화염에 갇혀 시뻘건 불꽃에 휩싸이고 말았다.

"컨쥬어."

거칠게 타오르는 불꽃을 내려다보며 단테는 손가락을 딱!
하고 튕겼다. 동시에 포르테를 감싼 공기가 춤을 추듯 거칠게
요동치기 시작했다.

“실프.”

단테는 그것이 최고조에 달하기를 기다렸다가 이윽고 힘있는 말을 풀었다.

“우아아아아앗!”

콰아아아앙!

시뻘건 화염 폭풍에 휘말려 하늘 높이 치솟는 포르테.

“이 자식아아아아!”

단숨에 단테가 떠 있는 곳까지 떠올라 시선을 맞추고는 이윽고 대지를 향해 무서운 기세로 떨어졌다. 포르테는 쾅! 하고 엄청난 소리와 함께 반쯤 대지에 파묻혔다.

“멋져요오오오오!”

힘차게 승리의 브이 자를 펼쳐 보이는 단테를 보며 두 손을 번쩍 들어 올려 만세를 외치며 환호하는 이쪽의 귀여운 아가씨들.

“…한심해.”

노릇노릇하게 구워진 채로 힘없이 꿈틀거리는 포르테와 시선이 마주치자 저쪽의 누추한 아저씨들은 힘없이 한숨을 내쉬었다.

두말할 것도 없이 단테의 승리였다.

“기사를 상대로 하늘에 떠서 공격 마술을 퍼붓는 건 좀 치사하지 않냐?”

루토가 걸어준 회복 마술에 간신히 정신을 차린 포르테가 던진 말에 고개를 갸웃 기울인 단테.

"아니."

이윽고 상큼한 미소를 지으며 고개를 가로저었다.

"내가 만족하니까 괜찮아."

"……."

한 점의 구김도 없는 단테의 해맑은 미소에 포르테는 말없이 한숨을 내쉬었다.

"그래, 너는 그런 녀석이었지."

어깨를 으쓱하는 포르테를 보며 단테는 킥킥 웃으며 손을 내밀었다.

"미안해, 형."

내민 손을 움켜쥐며 자리를 털고 일어선 포르테를 향해 단테는 진지한 어조로 말했다.

"얼마가 걸리든, 나… 반드시 되찾을게, 형이 이어갈 멜로디 왕국을."

그 말에 포르테는 기묘한 표정으로 눈살을 찌푸리며,

"무슨 소리를 하는 거야? 싫다니까, 그거."

"어라?"

느닷없는 말에 단테는 따라가지 못하고,

"지금 뭐라고 했어, 형?"

"그러니까, 싫다고."

어이없어하며 되묻는 말에 포르테는 가볍게 손사래를 치며 말했다.

"네 녀석이 왕국을 되찾으면 장남인 내가 다시 왕위를 이어받아야 하잖아."

"무슨 소리를 하는 거야, 형!"

무심코 외치는 단테의 목소리가 커진다.

"미지근하군, 단테."

어깨를 들썩이며 포르테는 음산한 웃음을 흘렸다.

"합병되었다고는 해도 왕족은 왕족! 연금은 물론이고 복지 혜택에도 변화가 없다! 이렇게 되면 책임져야 할 것만 사라지고 특권뿐만 아니라 제약도 없는 일! 마음대로 먹고 놀아도 문제가 안 되고, 남자라면 남몰래 동경하는 마왕의 부하가 되어 잔뜩 비틀린 삶을 살아도 불우한 환경 탓이라고 온 국민이 용서해 준다!"

"그런 거 용서해 주지 않아!"

힘차게 엄지를 내세우며 외치는 포르테의 말에 단테는 엉겁결에 소리를 질렀다.

"아니! 겨우 그런 이유로 이런 일을 벌린 거냐!"

"내 자신에 솔직한 게 뭐가 잘못인데?"

비난의 어조를 높이는 단테의 말에도 포르테는 가슴을 활짝 펴며 당당한 어조로 소리친다.

"사심을 갖고 망설이면 악(惡)! 한 치의 물러섬도 없이 굳은 신념으로 행하면 정의인 거다아아앗!"

"오오! 그거 멋지다!"

"피아레, 넌 좀 닥치고 있어!"

기름을 붓는 피아레의 한마디에 단테의 목소리가 점점 커져 만 간다.

"가렌트, 그리고 루토! 당신들, 형이 이런 헛소리를 하는 걸 듣고만 있었냐!"

돌연 돌아온 화살에 두 사람은 훗! 하고 가슴을 활짝 편다.

"재미있잖아."

"그런 재미있는 이유라면 얼마든지 환영입니다!"

"크아아아아!"

곧바로 긍정하는 두 사람의 대답에 단테는 쓰러져 울음을 터뜨렸다.

"멜로디 왕국에는 바보들밖에 없어어어!"

서럽게 우는 단테의 반응에 말없이 시선을 돌리는 모두.

"이 인간아! 고작 그런 이유로 제다우디까지 쳐들어가겠다 고 했던 거냐?"

단테는 찌릿 포르테를 노려보며 소리쳤다.

"제다우디를 쳐들어가기는 누가 쳐들어간다는 거야? 귀찮 은 일이 산더미인 정복 왕조는 거저 줘도 싫다고! 단순히 네 녀 석을 꼬시기 위해서 허풍을 떤 것뿐이지!"

"헤에, 그런 거였어요?"

뜻밖의 목소리는 등 뒤에서 들려왔다.

"아니!"

깜짝 놀라 고개를 돌리는 모두의 눈앞에는 나무 사이를 헤 집고 등장한 소피아가 단테를 바라보며 빙긋 웃고 있었다.

"소피아님!"

"네, 단테님."

엉겁결에 그녀의 이름을 외치는 단테를 향해 소피아는 느긋한 걸음으로 걸어와 무릎을 꿇고 앉아 시선을 맞추었다.

"멜로디 왕국에서 재미있는 이야기가 있다고 해서 왔는데, 역시나 단테님이 계셨네요."

"윽!"

아무렇지도 않게 말하는 소피아의 한마디에 단테의 안색이 창백하게 바뀐다. 그 한마디로 단테는 깨달았던 것이다. 소피아 황녀는 모든 것을 알고 있었다는 사실을.

"후후후."

빤히 눈을 마주한 채로 턱에 손등을 갖다 댄 채로 웃는 소피아를 보는 단테의 입가에 경련이 일어난다.

"아이참! 그렇게 긴장하지 마세요. 좋은 소식을 전해주려고 왔으니까요. 그렇죠, 피아레님?"

"물론이지요!"

고개를 돌려 묻는 말에 고개를 끄덕인 사람은 피아레였다.

"대체 무슨 이야기를⋯⋯."

"그런 표정이 참 좋아요, 단테님."

긴장하며 묻는 단테를 사랑스럽기 그지없다는 표정으로 쳐다보는 소피아.

"⋯⋯."

행복한 듯 웃고 있는 소피아와 눈이 마주치자 단테의 얼굴에 땀이 비 오듯 쏟아진다.

"피아레님이 말씀해 주실래요?"

"그러죠!"

소피아가 부르자 피아레는 두 손을 번쩍 들어 올렸다.

"멜로디 왕국을 되찾게 되었습니다앗!"

"뭐어어어어!"

피아레의 말에 단테의 목소리가 뒤집어졌다.

"우와아아!"

"축하해요오오오!"

피아레의 말에 아무 생각 없이 기뻐하는 단테를 제외한 모두들.

"지금 너, 뭐라고…….."

"멜로디 왕국을 되찾았답니다. 여기 증서!"

더듬거리며 묻는 단테를 향해 피아레는 활짝 웃으며 소매에서 서류를 꺼내 보여주었다. 허겁지겁 받아 든 단테는 그 안에 쓰여진 글을 읽고 말없이 소피아에게 고개를 돌려,

"…100개의 스탬프를 채우면 돌려주기로 한 멜로디 왕국의 계약을 바꾸어 먼저 멜로디 왕국을 돌려주고 그 뒤에 매달 납기로 다섯 개의 스탬프를 채우는 것으로 대체하기로 한다. 단, 기한을 어길 시에 채우지 못한 스탬프는 다음달에 기하 급수로 곱하기로 한다. 위의 계약에서 갑은 소피아이고 을은 안단테임을 기록하며, 이에 대한 증명은 혈족인 아피아체레가 대리 서명한다?"

억양이 없는 어조로 문서에 쓰여진 글을 읽는 단테.

“그렇답니다♥”

소피아는 환하게 웃으며 고개를 끄덕였다.

“이야! 잘하셨어요!”

“멋진 계약입니다!”

“뭐가 멋진 계약이냐아아앗!”

말이 떨어지기가 무섭게 기뻐하는 모두를 향해 단테가 냅다 고함을 질렀다.

“매달 몇 가지 일이 부여될지도, 거기에 할당되는 스템프 개수도, 기한도, 무엇 하나 적혀진 것이 없잖아! 한 달에 달랑 한 건도 안 주면 다음 달에 스템프는 25개로 불어나고, 그다음 달에는 125개로 늘어나잖아아아아아앗!”

“역시나 단테님.”

처절하게 울부짖는 단테를 향해 소피아는 감탄한 듯 손뼉을 짝! 마주쳤다.

“바로 그렇답니다♥”

“…….”

그 한마디가 결정타가 되어 눈앞이 아득하게 흐려지는 단테였다. 점차 멀어지는 저편에 세상이 터무니없이 춤을 추기 시작했다.

닫는 이야기

멜로디 왕국의 응접실.

고귀한 그림이 걸려 있고, 붉은 카펫이 깔려 있는 그곳에는 아름다운 시녀들의 시중을 받으며 술잔을 왼손에 우아하게 치켜든 엄청난 미인이 있다.

그녀의 이름은 멜로디 아피아체레 마르치알레.

정의 외길 인생.

그러나 그 정의는 몹시도 본인 한정.

"드디어 되찾았습니다."

감격한 듯이 중얼거리는 피아레.

"…축하드려요, 아가씨."

그 뒤에 다소곳이 손을 모으고 서 있는 여자는 공손한 어조로 그렇게 말하며 박수를 친다.

그녀의 이름은 아리사.

청초한 미모의 만능 하우스 메이드.

"저, 감격했어요오!"

두 팔을 바동거리며 소란스럽게 말하는 여자는 리테. 화려한 금발의 스타일까지 좋은 미인이지만 사실 그녀의 정체는 골드 드래곤.

"멜로디 왕국을 되찾았다요!"

리테의 옆에 있던 꼬마 아가씨는 힘껏 고개를 끄덕이며 리테와 손을 마주 잡고 팔짝팔짝 뛰기 시작했다. 누가 봐도 머리를 쓰다듬고 싶은 귀여운 이리스이지만 사실은 아이리스라는 자칭 천재 미소녀 마도사에 의해 만들어진 호문클루스.

"그러면!"

서장을 열듯이 외치는 피아레의 말에 셋은 동시에 고개를 끄덕이고,

"멜로디 왕국을 위하여!"

힘차게 외치며 들고 있던 술잔을 맞부딪쳤다.

"오오오오오!"

모두가 진심으로 축복하는 멜로디 왕국의 밤.

국경에 가까운 절벽 아래에는 브로드 소드를 지팡이 삼아서 힘겹게 걸음을 내걷는 한 남자가 있었다.

"멜로디 왕국."

후줄근한 옷차림에 걸레처럼 너덜거리는 망토. 무시무시한

눈초리로 아득한 멜로디 성을 노려보는 남자의 이름은 멜로디
안단테 칸타빌레.

"간신히 도망쳤다……."

힘없이 중얼거리며 그대로 바닥에 고꾸라진다.

"반드시 복수해 줄 테다아아앗!"

저 하늘을 올려다보며 울부짖는 단테만을 제외하고.

멜로디 왕국의 재건은 모두 행복하게 끝났답니다♡

『안단테 칸타빌레』 완결

마감 후기

어제는 오랜만에 시내에 나가 베트남 쌀국수를 먹었습니다. 중국 요리 전문점에서는 자장면을, 커리 전문점에는 카레를 먹지 않으면 안 된다는 근거 불명의 신념을 갖고 있는 저는 망설임없이 양지차돌 쌀국수를 주문했습니다.

일반적으로 쌀국수 전문점으로 유명한 것이 포호야라든지 포사이공, 포베이 등등입니다. 눈치가 빠르신 분은 단번에 깨달으셨을지도 모릅니다만, 여기서 포(Pho)가 쌀국수를 의미하는 것입니다. 포는 80년 중반에 프랑스군에 의해 베트남에 쇠고기 요리법이 전수되면서 전역에 퍼지게 된 대중적인 아침식사입니다. 일반적으로 포의 종류는 쇠고기를 얹은 포보와 닭고기를 얹은 포가로 나뉘는데 한국에 대중적으로 알려진 것은 포보입니다. 포의 독특한 향기는 향차의 느낌과 같아서, 재료에 들어가는 숙주, 칠리고추, 고수, 라임, 양파, 고기 등의 독특한 향기가 입맛의 호오(好惡)를 자극합니다. 맛을 들이면 이것이 꽤 재미있고 즐거운 음식이 됩니다.

보통 쌀국수가 나오면 숙주와 양파, 그리고 고추와 칠리, 레몬 등이 따라옵니다. 이것을 어떻게 첨가하느냐에 따라 포의 맛이 달거나, 맵거나, 혹은 담백해집니다. 제 개인적인 취향으로는 숙주를 왕창, 고추를 적당히 넣은 것이 담백하고도 좋더군요.

갑자기 저 녀석이 이런 이야기를 왜 하는 걸까, 하시면 제게 있어서 글이란 요리와 같은 것이기 때문입니다. 제가 이야기를 풀어내면 여러분이 입맛에 맞게 상상력을 첨가해서 완성되는, 자주 먹을 수는 없지만 어쩌다 손이 가면 맛과 향을 즐길 수 있는 요리와 같은 글을 저는 쓰고 싶었습니다.

제가 만들어낸 이 요리가 어떤 분의 입맛에는 맞지 않을 수 있고, 어떤 분은 그럭저럭 괜찮게 생각하실 수도 있고, 어떤 분은 상을 뒤집어 엎어버릴 수도 있습니다. 그 반응을 지켜보며 저는 고민하고 또 고민하며 부족한 것을 찾아내고 고쳐서 다음에는 보다 맛있는 요리를 대접하고자, 그래서 부디 많은 분들이 즐겁게 여기는 글이 되기를 바랐습니다.

안단테 칸타빌레를 쓰면서 여러분들을 만나 기쁘기도 했고 많은 것을 배우기도 했습니다. 제 모자람의 키를 잴 수 있는 기회였기도 했고, 제가 배워야 할 것이 얼마나 많은지도 알게 되기도 했습니다. 그렇게, 돌이켜 보면 안단테를 써온 시간들은 제게 퍽 행복했던 시간의 연속이었습니다. 이 마음을 잊지 않고 다음에는 보다 즐거운 이야기로 여러분을 다시 찾아뵙기를 희망합니다.

끝으로 항상 격려와 질책을 아끼지 않았던 이진숙 양과 인연의 고리를 만들어주신 문정흠님, 제 부족함을 메워주셨던 유혜림님께, 그리고 여기에 오기까지 가장 큰 힘이 되어주셨던 책을 읽고 계신 모든 여러분들에게 다시 한 번 마음으로부터 감사의 글을 전합니다. 언젠가 다시 만날 그날이 올 때까지 모든 분들이 행복하셨으면 합니다.

박동현

입소문을 통해 아는 분은 다 알고 계십니다!
올 한해 공인중개사 최고의 화제작!

1~2권 합본 | 이용훈 지음
3~4권 합본 | 이용훈 지음
5~6권 합본 | 이용훈 지음
용어해설 | 이용훈 지음

수험생 기본 필독서
만화 공인중개사

제목 : 만화공인중개사 쓰신 분에게 감사드립니다.

학원을 두 달 다녔어요 근데 과연 그 숫자 외우기 그런 게 몇 문제나 나올까 생각을 했어요.
아니라는 생각이 드네요 학원강의를 뒤로하고 서점을 갔어요 내 머리에 가장 이해될 수 있는
책이 없나 하구요. 거기서 만화를 발견했어요 무조건 세 번 봤어요 3개월 걸렸어요 문제집을 보라고
했는데 그건 시행을 못했어요 근데 합격을 했네요.
어떻게 감사의 말을 해야 될지……
도서관에서 만화책 들고 다니니까 사람들이 비웃더라구요. 만화책으로 공인중개사를 공부한다고
미친 사람처럼 보더라구요. 근데 그거 다 감수하고 했던 내가 자랑스럽습니다.
어떻게 감사의 말을 해야 할지… 정말 감사합니다.
부디 행복하세요 제 나이 41살에 좋은 스승을 만난 것 같습니다.
엎드려 감사드립니다.

－본사 홈페이지에 독자분이 올린 메일 中 에서 발췌－